赤へ

井上荒野

祥伝社文庫

目次

虫の息

バラ園を抜けて走っていたら、舗道《ほどう》にバラの実が落ちていて、諭《さとし》は未果里《みかり》の尻を思い出した。

高さのある小さな尻。硬い肉がみっちり詰まっているような尻。未果里は運動と言えば、バイトが休みの日にプールで泳ぐことだけらしいのに、どうしてあんなに締《し》まった体をしているのだろう。とくに尻だ。あの尻を両手で思いきり摑《つか》んで、左右に開いたら、どんな気持ちがするだろう。考えていたら勃起《ぼっき》してきて、慌てて立ち止まって靴紐を直すふりをした。

バイト先の市民体育館は公園の中心にある。シフトを入れているのは水泳部の練習がない火曜と木曜の午後だが、トレーニングをかねて、よほどの荒天でもないかぎり大学から走ることにしている。収まってきたのでゆるゆると走り出し、未果里のことを考えないために周囲の景色に目をやった。台風一過の晴天で、空の色が濃い。バラ園を抜けると広々した芝地に出る。

諭が通りかかるときにはいつでもそうであるように、木陰のベンチは今日もほとんどが埋まっている。遠目だし、走りながら認識するのは座っている輪郭《りんかく》だけだが、あのひとたちはいったい何をしてるんだろうな、と諭は思う。犬を連れていたり本や新聞を読んでいたりするのを、諭は「何かをしている」とは思えない。ましてやぼうっと座っているだけなら、死人も同然だ。

スピードを上げようとして、諭は振り返った。この場所で耳にするのはめずらしい、甲《かん》高《だか》い声が聞こえたからだ。あるベンチの前で立ち上がっている人影があって、一瞬太った子供かと思ったが、老婆だった。とすればベンチに座っているほうも老婆なのだろう。頭髪が白いというだけでなく、全体的に灰の塊《かたまり》みたいな感じがある。立っているほうが手を振りまわしているので、喚《わめ》いているのも彼女だとわかる。座っているほうを糾弾《きゅうだん》している。老婆のケンカだ。

見たくもないもの――轢《ひ》かれてぺちゃんこになった蛙とか、落とし物としてガードレールの鉄棒に引っかけられたまま風化しかけている片方だけの手袋とか――を見た気分になって、諭は姿勢を戻した。スパートする背中に、「あんたなんかもう虫の息のくせに」という叫び声がひとつ、はっきりと届いた。

未果里は大学から自転車に乗ってくる。

十月だというのに今日は暑くて、羽織《はお》ってきたシャツを途中で脱いだ。シャツの下は紺色のタンクトップ、ボトムは同じ色のデニムで、身につけているものの中で唯一鮮《あざ》やかなのは蛍光ピンクのリュックだ。通用口のそばのスタッフ専用の駐輪場に停めて鍵をかけたとき、走ってくる諭が見えた。

目が合ってしまったので、少々面倒に思いながら待っていた。諭は片手を上げて挨拶しながら走り込んできて、両手を膝にあてて息を整えている。汗の臭いがむっとした。

「早いね」

先に中へ入るきっかけとして、未果里は言った。受付に座る未果里と、プールの監視員である諭は、仕事の時間帯が少しずれている。

「走ってきたから」

顔を上げた諭は笑っているので冗談のつもりらしい。未果里は礼儀正しく笑い返した。諭のことは「筋肉バカ」だと思っているが、それは自分と同年代の、体育会系の青年たち全般に対しての見方——文化系である場合はたんなる「バカ」になる——なのだった。

「ペルー」

ドアを押そうとしたら諭が言った。

「いつ頃行けそう?」

ら。
「まだまだよ」
　未果里は肩をすくめてみせた。このひとにはペルーって言ったんだっけ、と考えなが
　若草色のトレーニングパンツと白いポロシャツという、悲しいまでにださいユニフォー
ム――ジムでマシンの使いかたを教えたりプールで溺《おぼ》れかけた人を救助するわけでもない
受付係が着ているとなればなおさらだ――で、入口のブースに座っていなければならない
時間は午後四時から閉館の九時までだった。利用者が入ってくればこんにちはとにこやか
に挨拶し、出ていく人にはありがとうございましたと言い、まごついている人がいれば案
内する。楽だが退屈きわまりない仕事。体力や運動能力を問われない「一般スタッフ」に
応募して、事務ではなく受付に回されたのは、間違いなく自分の容姿のせいなのだろうと
未果里は考えている。つまりこの仕事は、自分の人生そのものなのだと。
　とはいえときにはトラブルもやってくる。この日は、老婆の二人組だった。老人の利用
者は少なくないのだが、それにしても高齢すぎるような二人組で、入館チケットの券売機
の前で何かごちゃごちゃ言い合っていると思っていたら、チケットを買わずに揃《そろ》って未果
里のほうへやってきた。
「このひとは八十で、あたしは八十二なんだけど」

太って背が低いほうが言った。「このひと」と言われたほうはその後ろに隠れるように立っているが、鶴のような首と頭が、太った老婆の頭の上に見えている。

「はい、でしたら、〝シニア割引〟のチケットをお求めください」

券売機の使い方を教えなければならないかしらと思いながら、未果里はにこやかに答えた。

「そうじゃないのよ」

太った老婆は苛立《いらだ》たしげに言った。耳の上でぱっつり切り揃えた髪が灰色の帽子みたいに見える。肌の色は煮しめたみたいに黒くて、後ろの老婆とはその点でも意図したような対照になっている。

「六十五歳以上がシニア割引なら、八十歳以上は無料でもいいんじゃないかしら、ってことなの」

「そういう割引はありません」

「ないのはわかってるわよ。どうかしらって言ってるの。あなたにお願いしてるの」

やめなさいよイクちゃん。痩《や》せた老婆が小声で言った。困ったイクちゃん。未果里は胸の中で溜息《ためいき》を吐《つ》く。

「私にそういう権限はないんです」

「たった二百円のことじゃない。二人ぶんで四百円。通してくれるだけのことじゃない」

「規則にない優遇はできません。チケットを買ってください」

「だったら、このひとひとり分だけでもいいわ。だってこのひとはね、もう虫の息なのよ」

　人道的に無料にするべきでしょう、と太った老婆は続け、イクちゃんったら、と痩せた老婆は相手の腕を摑《つか》み、それが思いのほか強い力だったようで、太った老婆は顔をしかめて振り返った。

「健康に不安のあるかたのご入場はお断りしています」

　できるかぎり平坦な声で未果里は言った。こういう手合いは二百円を惜《お》しんでいるわけではもちろんなくて、こちらの反応を愉《たの》しんでいるのだ、と思う。自分の孫より若いくらいの受付係をおたおたさせれば、それで何かを成《な》し遂《と》げた気がして死んでいけるのだ、きっと。

「ほらみなさいよ」

　痩せた老婆がそれまでの様子とは違う、勝ち誇《ほこ》った強い語調で言うと、「なによ？」と太ったほうが応じて、彼女の敵意だか対抗心だか知らないが、そういうものの方向は未果里から逸《そ》れたようだった。ふたりはあっさりと券売機のほうへ戻っていき、シニア割引のチケットをそれぞれ未果里に示したときには、先程のことなどなかったような顔をしていた。

皿の上にピラミッド型に盛り上げられた「焼きとん」は、男四人の腹の中に見る見るうちに消えていく。

「追加頼もうぜ、次はタレな」

「ガキはタレが好きだよなあ」

「塩だと食ってる気がしねえ」

「食ってんじゃん。あ、豚串八本追加してください、タレで。あと生ふたつ。諭は?」

通りかかった従業員を呼び止めて注文した男から聞かれ、諭は慌てて「おう」と答えて、ジョッキに五センチほど残っていた生ビールを飲み干した。酒はあまり強いほうではない。

仕事を終えて更衣室にいるときに携帯が鳴って、今日はプールの監視員の仲間ひとりと、水泳部の仲間ふたりとともに飲んでいる。行きつけの串焼き屋の、路地に出したテーブルで。肉を焼く煙がもろに流れてくる場所で、シャワーを浴びた体と髪はたちまちべたべたになってしまった。

　四人とも同じ大学の一回生で、始終つるんでいるから、実《み》のあることはいっさい話さないにしても話題に困ることはない。先輩部員の悪口やらバイトの愚痴やら。そんな中で、ふたりの老婆の話も出た。

「今日のババアやばかったよな」

「あー、勘弁してほしかったな」

　ふたりの老婆は、どこからか風で飛んできたふたつの紙くずみたいにプールにあらわれたのだった。揃《つ》いの青い花柄の水着を着て、はじめは上級者専用のロングコースのほうに風呂のように浸かっていたので、水中歩行が許可されているファミリーコースへ移るように仲間が言いに行ったら、太ったほうが「はあー？」と今時のイントネーションで返したらしい。

　しぶしぶファミリーコースへ移ったあとは、小一時間ほどもバチャバチャやっていた。いっこうに水から上がろうとしないので、休憩を取ったほうがいいですよと言いに行くべきかどうか、スタッフ内で議論になった。結局、先程の対応からすれば言っても聞きはしないだろうという結論になった――ようするに誰も言いに行きたくなかった――わけだが。

「ババアの監視で首が痛くなったよ」

「死なれたら困るもんな」

諭も笑ってそう言った。痩せたほうがけのびの姿勢でぷかぷか浮いているところは実際水死体みたいに見えたし、太ったほうのやみくもなクロールも恐ろしい眺めだった。ほかの利用者も何となくふたりを遠巻きにしていて、実質的に今日のファミリーコースは老婆たちに占拠《せんきょ》されていた。

「なんだろうなあれ。何がやりたくて来たのかな」

「ぼけてんじゃねえの」

「ロウソクは消える前がいちばん明るいっていうやつかなあ。また来たらやだなあ」

諭はあっと思った。プールの老婆たちは公園でケンカしていた老婆たちであったことに、今はじめて気がついたのだ。太った婆さんが喚いていたのだ。あんたなんかもう虫の息のくせに。声がはっきりよみがえってきて、何となく落ち着かない気持ちになった。

だが、そのことは口に出さなかったから、話題はすぐに移っていった。原《はら》未果里ってエロいよな。水泳部の男が言い出した。モデル並みの容姿の未果里は大学——とくに男子学生内——では有名人と言っていい。

「俺は全然来ねえんだよな、ああいう女は」

監視員仲間の男が、諭より先に口を開いた。

「たしかに美形だけどさ。なんかマネキンみたいじゃん。生々しさが全然ないっていうか」

「そりゃ、おまえらの前ではそうならないって話だろ。生々しくなるときはなるんだよ。そこを想像するんだよ」

「想像してんだ？」

諭は言う。もちろん諭もそうしている。

「誰の前でもたいして生々しくならねえと思うぜ」

監視員仲間はタレが絡まった豚肉に、おかしなほど真剣な表情でまんべんなく七味を振りかけた。

「なんか中身がすかすかって感じがするんだよなあ」

「でもあいつ、川内野《かわちの》ゼミだろ。あのゼミは入るの難しいんだぜ」

「頭の問題じゃなくてさ」

「だいたいおまえ、未果里とまともに話したことないだろ」

「すげえ気に入りかただなあ。まあそうなんだけどさ。でもなんか、見てればわかるんだよな、表情とか」

「ペルーに行くために金貯めてるらしいよ」

諭は割って入った。未果里のためではなく自分のために、何か言わなければいけない気がして。ペルー？　なんだそれ？　なんで諭が知ってるんだよ？　男ふたりはそれぞれの表情で諭を見る。

「歓迎会のときに席が隣だったからさ」

未果里とはバイトに採用された時期が同じだったから、歓迎会とか送別会とかの名目で年に一、二度バイト全員に声がかかるらしい飲み会に、ともに出席したのだった。チェーンの安居酒屋の小上がりが貸し切りにしてあって、店に到着した順に席を詰めることになっていたから、諭の右隣が未果里になった。

未果里と同じバイト先であるということにすでに興奮していたから、諭にとってそれは鼻血が出そうな成りゆきだった。といっても、未果里はほとんど彼女の正面と右隣の女子スタッフたちと喋《しゃべ》っていて、諭は左隣の男の相手をしていた。中盤になって抜ける者がいたりトイレに立つ者がいたりして、周囲が何となく閑散となった瞬間があり、そのときに未果里が体ごと斜めに傾《かし》げるようにして諭を見て、「同じ大学だよね」と言ったのだった。

「原未果里さんですよね」

諭は頷《うなず》き、そう言った。名前を知っていることをあっさり明かしたのも、敬語になったのも失敗だったとあとからさんざん後悔したものだが、未果里はそんなことはめずらしくもないといった様子で「こんにちは」と応じた。

「なんか、意外だな」

続けて諭はそう言ってしまった。会話をこれだけで終わらせてはならないという気持ちが嵩《こう》じて、自分の舌が自分で制御できない状態に陥《おちい》っていた。何が？　と未果里が聞いた。

「いや、バイトするような感じじゃないから」

「そう？」

「お嬢様っぽいじゃん、なんか」

「お嬢様じゃないわよ。お金貯めてるの。ペルーに行きたくて」

ペルー？　と諭が聞き返したとき、未果里の正面の空《あ》いていた席に、ほかの席から女子スタッフが移ってきて彼女に話しかけたので、会話はそこで終わってしまった。実際のところ「まともに」話したとは言えない。だが、今のようにくるおしく未果里のことを思うようになったのは、あのとき以来のことなのだ。

「ペルーに行ってどうすんの？」

酔いでどんよりとなった眼をした水泳部の男が聞き、「さあ」と諭が首を傾げると、未果里をマネキンだと言った男が手をたたいて笑い声を上げた。

どこに生えているのかわからない金木犀《きんもくせい》の匂いが、体育館の中庭にも届く。いやな匂いだと未果里は思う。唆《そそのか》されているような、急《せ》きたてられているような、責められているような匂い。

ペーブメントを竹箒《たけぼうき》で掃《は》いている。枯れ葉よりも、先日の台風でむしり取られた蔓草《つるくさ》の葉のほうが多い。まだ柔らかい葉は箒に絡まったり石の隙間に張りついたりして、なかなかうまく集まらない。

未果里は手を止めて空を振り仰《あお》ぐ。こんな秋晴れの日に、金木犀の香りがする外気の中にいると、自分がひとりきりであることが強く感じられる。そのことに気がついたのは十五のときだった。ある月曜日の朝に、昨日と似たような日が今日も続くのだと思ったら、へたりと座り込みたくなるほどつまらなくなった。家族とか友だちとか家とか通学路とか学校とか、休みの日に友だちとうろつく町とかが、ふいに立体感を失って、ぺらりとした一枚の包装紙の模様みたいになった。そうして、自分はひとりきりだとわかったのだ。誰も当てにならない。誰にもわからない。この退屈から逃れるために誰も手を貸してくれない。

プールからロビーへ通じる渡り廊下のガラス窓の向こうを、ふたりの老婆が歩いていくのが見えた。驚くべきことにふたりは、もう一週間以上も通ってきていた。たいていはプールにいるが、ジムをうろつくこともあり、お揃いの真新しいトレーニングウェアを着て、レッグプレスやスミスマシンを試してみたいとごねたりもしたらしい。結局どういうふうに収まったのかはわからないが、現場のサポートスタッフたちは、ふたりの老婆への対応策を講じるためのミーティングを開いたそうだ。

ふたりがあらわれる時間帯はまちまちだが、未果里はあの最初の日を入れてもう三度、受付で老婆たちに会っていた。二度目以降はおとなしくシニア割引のチケットを買って通った。ごねないときでも通る順番は同じで、太ったほうが痩せたほうを引っぱっているかたちだった。通り過ぎざま耳に入る声の大半は太ったほうの「あんたはさ」「あんたなんかさ」というものだった。ときおり、「だってイクちゃんが」「そうじゃないのよイクちゃん」などという痩せたほうの抗弁が聞こえた。虫の息のほう、と未果里は心の中でこちらの老婆を呼んでいる。

その虫の息のほうが、今日はめずらしく先に立って、エントランスの途中から逸れてこちらに向かって歩いてきた。帰る方向によってはこちらのほうが近道になるが、老婆たちの様子からすると、今日はたまたま気紛《きまぐ》れにこちらを抜けることにしたようだった。

「お掃除ご苦労さま」

声をかけてきたのも虫の息だった。赤いベレー帽を被《かぶ》っている。チノパンふうのズボンに、大きめのダンガリーのシャツをコートのように羽織ったスタイル。ベレーのせいではじめて着ているものに目が行ったが、なかなかお洒落だと未果里は思う。太ったほう――イクちゃん――の、明るいグリーンのアンサンブルにベージュのロングスカートという格好もセンスがいい。そうして、あらためて見ればふたりともきれいな顔立ちをしていた。

「いつも迷惑かけてごめんなさいね」

これもまた虫の息だ。意表を突かれたせいで「あ、いえ」と未果里は、迷惑をかけられているのを肯定するような反応をしてしまった。虫の息はにやにやした――あきらかにこの状況を楽しんでいる表情だ。ふたりの中身が入れ替わったかのように、イクちゃんは虫の息の後ろから出てこようとはせずに、仏頂面《ぶっちょうづら》で突っ立っている。

「あなた、きれいね」

虫の息はさらに言った。未果里は動揺したまま、またしても「あ、いえ」と答えてしまった。

「私たち、昔女優だったのよ」

私も、このひともねと虫の息はイクちゃんを示した。

「サヨクケイの劇団に入ってたの。芝居で世の中を変えようとしていたのよ」

未果里は張り子の虎みたいに頷いた。今まで「老婆」だとしか思っていなかったものがふいに自分と同じ人間になって、それからさらにべつのものになっていくような感じがする。

「あなたぐらいの若い頃にね。あなた、いくつ?」

「二十歳です」

にじゅっさいです、と発音してしまった。聞いた? にじゅゝっさいですって、と虫の息はイクちゃんに向かって大仰《おおぎょう》な声を上げた。

「にじゅっさいなんて、奇跡みたい」

虫の息は溜息とともに言い、

「奇跡でもなんでもないよ」

というのが、イクちゃんのこの日はじめての発言だった。

「学生さん?」

虫の息の問いかけには、「はい」と頷けばすむことだったのだろう。しかし未果里はなぜか「お金を貯めてるんです」と答えてしまった。

「お金を貯めて、ブラジルに行きたいんです」

虫の息は微笑んだ。さっきよりもずっと感じのいい微笑みで、そのぶん、一度灯った明かりが消えたみたいな感じがあった。そうしてふたりが立ち去っていくと、未果里は自分ががっかりしていることに気がついた。

何のために？　何をしに？　なぜブラジルに？　と、あのふたりのどちらかが訊ねるのではないかと思っていたのだ。もしも聞いてくれていれば、答えが浮かんできたかもしれないのに。

その衝動は諭自身、まったく謎だった。

朝、家を出るときも、午後になって大学を出るときも、そんなことは欠片《かけら》も考えていなかった。幾分十月らしく涼しくなって、空気はからりと乾いていて、体は軽く、同時に筋肉に力がみなぎっているようで、気持ちよく走ってきた。すれ違った赤い帽子におやっと思って、振り返ってみたら例のふたり組の老婆で、ああ今日はもう帰るんだ、今日はもうあのふたりを監視しなくてもいいんだと思って、ほっとした。それだけだった。

通用門のほうへカーブを曲がろうとしたとき、中庭にいる未果里が見えた。受付係は中庭の掃除もするんだな、と思った。今日は受付をこっそり覗《のぞ》きに行きでもしないと会えないだろうと思っていたから、姿を見られたことが嬉しく、ごく自然にそちらに向かって走っていた。未果里が気づいて顔を上げ、ぼんやりした顔で諭を見た。未果里らしくない表情だったが、小さな女の子みたいで可愛くて、彼女からそんなふうにまっすぐに見つめられたこともなかった。「やあ」と諭は片手を上げた。そのタイミングも、発声も、いい感じにできた。だからといって、そんな決意をするほど調子に乗ったわけでもない。

「好きだ」

その言葉はするりと諭の口から出た。中庭で、箒を傍《かたわ》らに杓《しゃく》みたいに立てた未果里と向かい合い、沈黙が七秒ほど続いた後に。全世界がそのための準備を整えたように。

未果里はあらためてまじまじと諭を見た——まさしく「俺の顔に何か書いてあるんですか」と諭が聞きたくなるほどに。それから、「なんで?」と未果里は聞いた。

その瞬間、諭は我に返ったのだ。未果里の「なんで?」が、「なんであなたごときが、私に告白できるの?」という意味に聞こえた。自分でもまったく謎だったから、答えられず、固まっていると、未果里はさらに「どこが?」と聞いた。

諭はこの問いかけにも黙っていた。「尻が」などと答えられるものではない。もちろん尻だけじゃない。顔も好きだし、抜群《ばつぐん》のスタイルも好きだ。しかしそれらも適切な答えだとは思えない。見た目だけじゃない——男にも女にも、アルバイトにも大学にも、この世のすべてに対して無関心みたいな歩き方とか表情とかにぐっとくるんだ、とも考えてみるが、しかしその考えの裏側には、諭に対してだけ関心を示している未果里の姿の（あられもない）空想がある。

「ごめん」

結局、次に諭の口から出たのはそれだった。

「ノープロブレム」

と未果里は言った。そのときにはもう、めずらしい虫を見つめる子供みたいな表情は消えていて、いつもの乾いた美形に戻っていた。


未果里は自転車を漕《こ》ぐ。いつもよりもスピードを上げて。

昨日、噂が耳に入った。ご親切に教えてくれた友だちがいた。環境経済学ゼミの川内野教授と未果里が寝ているという噂だった。ネットの掲示板で盛り上がっているらしい。

事実無根の噂だった。残念なことに、と未果里は思う。ふつうにレポートを書いて、ふつうに選ばれただけだ。選ばれなければ私はべつのゼミに入っただろう。ゼミに入るために教授と寝るなんて、それほどの情熱が私にあるはずもない。

川内野のほうには下心があったのかもしれないけれど。未果里はそう思い、しばらくの間、教授のプロフィール――四十がらみ、そこそこのハンサム、妻子あり――を思い浮かべた。今度、バイトしている理由を誰かに言う機会があったら「わけありの恋人と暮らすお金を貯めている」とでも言おう。

自転車を市民体育館の表側に停めた。今日はバイトは休みで、泳ぐために来た。しかしちょっとぼうっとしていたのかもしれない。更衣室で水着に着替えてプールへ行くと、タイミング悪く十分間の休憩時間に入ったところだった。安全確認と水質管理のために一日五回設定されているインターバルで、この間、利用者はプールに入れない。未果里は仕方なくプールサイドのベンチに掛けた。水着姿でプールにいて泳がない十分間というのはまったく所在がない。

監視台にいたのは、諭だった。降りてきてトレーナーを脱ぎ、プールに入った。こちらをまったく見なかったが、ということは私に気づいているのかもしれない、と未果里は思う。

諭は潜水でコースロープに沿って泳ぎはじめた。ネックレスやピアスが落ちていないか、場合によっては老人がひとり沈んでいないか確認している。そこではじめて未果里は、自分が座っているのと反対側のプールサイドに、ふたり組の老婆が座っていることに気がついた。今日の水着はお揃いの赤い花柄（聞いたところでは、青いのと赤いのを持っているらしい）。赤いキャップを被り、ゴーグルもちゃんとひとつずつ、それぞれの額《ひたい》の上にある。かつてサヨクケイの劇団に所属し、芝居で世の中を変えようとしていたという、女たち。

ふたりから視線を戻すと、諭はもう向こう側の端に着いていて、彼のかわりに監視台に上がっているスタッフに合図を送っているところだった。裸の上半身は筋肉だけでできているみたいだ。筋肉バカだと見なしていたが、少なくともその筋肉はきれいで見事だ、と未果里は思う。諭は再び水中に体を投じた。滑《なめ》らかで力強い動き。潜水していく水面《すいめん》が、微《かす》かに揺れる。私が動物でなく人間であるのは残念なことだ、と未果里は思う。もしも私が動物だったら、子孫繁栄の本能だけに従っている生きものだったら、迷いもせずに彼の求愛を受け入れるだろう。

ようやく休憩時間が終わり、未果里がプールに入ろうとしたときだった。ああーっという悲鳴のような声が聞こえた。老婆のひとりがプールサイドに倒れていた。痩せたほう――〝虫の息〟だ。あーっ、あーっ、あーっ。間断ない悲鳴は、イクちゃんが上げている。

監視台のスタッフが慌てて降りてきて、詰め所から諭も、ほかのスタッフたちも駆けだして来た。未果里も思わず駆け寄った。虫の息は痩せた体をくたりとふたつに折って、投げ出した両手の間に顔を伏せている。

「どうしたんですか、大丈夫ですか」

「さわんないほうがいいよ。救急車、呼べ、救急車」

「あーっ、あーっ、あーっ」

「さわっちゃだめですよ、ゆさぶっちゃだめだ。ちょっと、このひと、誰か向こうに連れていって」

虫の息の足首を摑んで叫び続けているイクちゃんのほうへ、未果里は手を伸ばした。そのとき枯れた蔓《つる》みたいな腕がひょいと動き、突然、虫の息が半身を起こした。

その場にいた全員が、一瞬、身を退《ひ》いた。虫の息はぐるりと顔を回して、にやっと笑った。動いちゃだめですよ。スタッフのひとりがようやく、ばかのひとつ覚えみたいにそう言ったが、虫の息はぱっと起き上がって、全員を見下ろす格好になった。

「うーそーでーしーたあー」

イクちゃんただひとりに向かって、虫の息は笑いかけているらしかった。イクちゃんも立ち上がった――ふらりと。何？　何よあんた？　何やってるの？　だましたの？　震える声で、譫言《うわごと》みたいに呟《つぶや》く。

「びっくりした？　ごめんねえ。知りたかったのよね、どうなるか。泣いたわねえ、あなた」

あいかわらず嬉々として虫の息は言い、すると、うおーんとイクちゃんは泣き出した。

うおーんうおーんうおおーん。地団駄《じだんだ》を踏みながら、声はますます大きくなる。虫の息の顔から笑いが消えて困惑した表情になり、集まったスタッフたちは顔を見合わせた。未果里は天井を仰いだ。どこを見ていいかわからなかったのだ。すくなくとも、諭と目を合わせるのはまっぴらだった。

時計

駅前に真っ青なコンバーチブルが停まっていると思ったら、助手席でさかんに手を振っているのは沙月《さつき》だった。運転席には見たことのない男がいる。昌《あき》も手を振りながら、近づいていった。

「昌ちゃん、久しぶり！」

沙月は立ち上がって身を乗り出し、昌の体に腕を巻きつける。

「ご家族は？」

抱擁《ほうよう》を返しながら昌は聞いた。両親は昨日一足先に発ったので、もう別荘で待っているという答えがある。

「これは五郎《ごろう》くん。目下《もっか》、すごく仲のいい、お友だち」

「これも目下も納得できないんですけど」

紹介された青年は朗《ほが》らかな笑顔で手を差し出した。沙月が大学で入っている軽音楽部の、今年の新入生だそうだ。バンドを組むことになって、沙月はボーカル、五郎はギター。

「昌ちゃん、ずっと来なかったよね。何年ぶり？」

　本来なら別荘までは、駅前からバスに乗り、停留所からは坂道を上がって行かなければならないところを、車に同乗させてもらえたのはありがたかった――本当を言えば、乗り込むときに、ちょっと怯《ひる》んだのだが。二年、と昌はバックシートで答える。去年の夏とその前は、仕事が忙しくて来られなかった。

「おばさま、手首を折ったんだって？　大丈夫なの？」

「うん、もう痛みはないって」

　おばさまというのは昌の母親の鈴子《すずこ》のことで、鈴子は沙月の一家が毎夏訪れる別荘の管理人兼料理人をしている。十日ほど前に自転車で転んで右手首を折ったのだが、手術をいやがってギプスで固定しているらしい。痛みはなくても料理の腕はふるえないので、今回は昌が手を貸すことになっている。

　もともとは昌の父親と沙月の父親の藤田《ふじた》氏とが友人同士で、昌の父が若くして病死したときに、藤田氏が遺《のこ》された母娘に、別荘の離れと仕事とを提供してくれたのだった。昌は藤田夫妻のことを「おじさん」「おばさん」と呼んでいるのに、沙月が鈴子を「おばさま」と呼び続けているのは奇妙なことで、ようするにこの一家の人柄のようなものを示していると言えた。

「昌さん、知ってます？　俺を連れていくって、彼女まだ家族に伝えてないんですよ」

五郎が言い、

「だって、びっくりさせたいんだもの」

と沙月が言う。ふたりの髪の色が、そっくり同じであることに昌は気がつく。金色に近いほど明るい茶色。どちらかのアパートの浴室で、裸できゃあきゃあ騒ぎながら一緒に染めたのかもしれない。お似合いのふたりだと思った。

「びっくりするだけならいいけど、怒り出すかもしれないじゃん。とくにお父さん」

「だーいじょうぶだって。ねえ、昌ちゃん」

沙月が振り返ったので、心配ないわよ、と昌は請《う》け合った。

「おじさんもおばさんも、とってもやさしい人たちだから」

そう言ってから、昌は自分の言葉にどきりとした。微《かす》かな動揺——そう、ほんの微かだ、と自分に言い聞かせる。

「うおー、すげーっ」

五郎が感嘆の声を上げた。カーブを曲がると海が見えて、視界が一気に開ける。

「その声が聞きたかったの」

沙月が嬉しそうに言った。海と車は同じ色をしていた。車は景色に飲み込まれていく。

別荘は山の中腹に建っていて、リビングの大きく取った窓からは、斜面の木々とその向こうの海が見渡せる。

一行が着くと、すでにお茶の支度が調《ととの》っていた。藤田夫妻は、娘がボーイフレンドを連れてきたことにじゅうぶん驚いたようだったが、もちろん怒ったりはしなかった。すぐに藤田夫人が自分で——鈴子が立ち上がろうとしたのを制して——追加のティーカップとケーキ皿を持ってきた。

「やったあ。バナナケーキだ」

沙月が子供のような歓声を上げ、夫妻、それに鈴子が目を細める。沙月が三歳、昌が五歳のときから、昌が十八歳で東京に出るまで、ふたりは姉妹のように育ってきた。

バナナケーキは鈴子の手製で、マイセンのブルーオニオンのトレイにのせられ、傍《かたわ》らのボウルにはホイップクリームがたっぷり添えられている。

「おばさま、そんな手で、よくケーキなんか焼けたわね」

混ぜるだけだもの、と鈴子が答えると、でも、このクリームは？　と藤田夫人が聞く。

「片手で泡立てたの？　私なんか、両手が使えたって、なかなかツノが立たないのに」

藤田夫人はほっそりした、竹久夢二《たけひさゆめじ》の絵のような印象の人だ。ハンドミキサーを使えば簡単なんですよと鈴子は答えて、顎《あご》と左手で作業した様子を大真面目に再現してみせて、笑いが起きる。

「私が来ることもなかったかしら」

自分も何か言わなければならないと思って昌は言った。

「何言ってるのよ、今夜からこき使いますよ」

鈴子が言い、

「そうよ、それに明日から、たくさん遊んでもらうわよ」

と沙月が続けた。再び、みんなが笑う中、

「ふたりはほんとに姉妹みたいなんですね」

と五郎が言った。昌に向かって言ったのだが、昌は返事のタイミングを逃してしまった。

「石川《いしかわ》君、だっけ?」

藤田氏のその発言がぽかんと宙に浮く気配になり、全員が彼のほうへぐるりと顔を回した。しばらくの沈黙の後、はじけるような笑い声と共に「いやだ、パパ、榎本《えのもと》くんよ、榎本五郎」と沙月が訂正した。

「石川君なんて、どこから出てきたの」

「いや。そうか。榎本君か。すみません」

藤田氏は頭をかいた。巨漢と言っていい体軀《たいく》なのだが、穏《おだ》やかな物腰のせいか圧迫感がない人だ。彼のおかげで、弁護士という職業に対して昌が持っているイメージは、たぶん一般的なものとはかなり違っている。

「榎本君は……」

あらためて藤田氏が言いかけたとき、振り子時計が午後三時を告げる大きな音が響いて、五郎がぎょっとしたように振り返った。藤田氏は次の言葉を飲み込んでしまい、時計の音が止むとリビングは再び静かになった。

「〝大きなのっぽの古時計〟があるのよ、階段のところに。歌と違って、うちのはまだちゃんと動いているの」

結局、今度も沈黙を破ったのは沙月だった。

「あとで見せてあげる。それから、写真とかも」

やや当惑気味ではあるものの、五郎はにっこりと頷《うなず》いた。昌は母親が自分を見ているのを感じた。昌は藤田夫人のほうを見ていた。夫人は彼女の夫を見、藤田氏は娘に向かって穏やかな微笑を作っていた。やはりこの夏は、そういうことに気づかざるを得なかった。

昌は東京で、友人ふたりとカフェを開いていた。店のありようについて、次第に意見がぶつかることが多くなり、そのうえふたりのうちのひとりとは男女の関係だったから、状況は少々複雑になっていた。少し前にもケンカと言っていい諍《いさか》いになり、昌は「頭を冷やす」という名目で休暇を取ったのだった。

お茶を飲んでいる間、わざとスーツケースの中に入れっぱなしにしていた携帯電話には、やはり恋人からの着信が入っていた。離れに戻って電話をかけたが、やはりどうにもならなかった。彼はもう私が戻ってこないと思っているし、それでもかまわないのだろう、東京に残っているふたりは、今や公私ともに私を必要としていないのだろう、ということをあらためて噛《か》みしめながら、昌は夕食の支度に取りかかるために、母屋へ戻った。

リビングにはもう誰もいなかったが、階段の上から声が聞こえた。昌がキッチンに入るより先に、沙月が降りてきて、サイドボードの上の写真立てを手に取った。そのとき目が合い、微笑み返してしまったので、誘われるまま一緒に階段の上へ行かざるを得なくなった。

広々と取った踊り場の天井からは華奢《きゃしゃ》なシャンデリアが吊り下がっていて、壁の高い位置には掛け時計がある。凝《こ》った装飾の、子供の背丈ほどもある振り子時計。

それを見上げる位置に五郎がぺたりと座っていて、沙月はすぐにその隣に寄り添った。

ほら、見て、この時計。私たち、ここで写真を撮ったのよ。

　沙月が嬉しげに見上げるので、仕方なく昌もふたりに向かい合うように腰を下ろした。

　沙月が五郎に見せているのは、揃《そろ》いのレースのワンピースを着たふたりの幼女が、この場所で並んで座っている写真だった。

「そっくりだなあ。っていうか、かわいいなあ」

　五郎が臆面《おくめん》もない感想を述べ、でしょでしょ、と沙月ははしゃいだ声を出す。

「どっちが私だか、わかる？」

「こっち。いや、こっちだな」

　五郎は忙しく指先を動かして、「はずれー」と沙月が嬉しそうに言う。

「そっちが妹の夏月《なつき》。こっちが私」

「ていうか、当てるの無理だろ。こんだけそっくりで、こんだけちっこくて」

「そうだね。私だって、両親から教わらなければわかんなかったかも」

　またしても、自分が何も発言していないことに昌は気づいた。それで言葉を探したが、見つけるより早く、「妹のこと、覚えてるの？」と五郎が沙月に聞いた。

「覚えてる、って言いたいんだけど、どこまでが自分の記憶で、どこからが教わったことなのか混ざっちゃってるんだよね。まだ三歳だったんだもの、妹がいなくなったとき」

「この写真も三歳くらいだろ？　じゃあ、これから間もなく？」

「そう。この写真を撮ってもらった日に熱が出て、そのまま悪くなって。だから両親はこの写真があまり好きじゃないみたい。私が見つけて、飾ったのよ。だって妹がこの世界を満喫している最後の一日だもの」

五郎は感慨深げに頷き、それから昌のほうを見た。

「昌さんは、覚えてますか？　沙月の双子の妹のこと」

昌は頷いた。

「ほんの少しね。私は五歳だったし、とりわけぼんやりした五歳だったみたいだから。家の中にかわいいものがふたつあった、というふうに覚えてるの。ある日それがひとつになったわけだけど、失われたというよりは合体したという印象だったわ」

沙月が昌に微笑みかけた。もう幾度となく、沙月に問われるたびに口にしてきた答えだった。沙月がこの答えをごく気に入っていることもわかっていた。もちろん嘘ではない。問われるたびに、印象を補完していくようなところはあったにせよ、記憶をねつ造しているとは思わない。ただ、この夏の空気の中を、言葉のひとつひとつは、これまでとはべつの轍《わだち》で転がっていった。

夕食の首尾は上々だった。

クレソンとマッシュルームのサラダ、鯵《あじ》のカルパッチョ、豚肉のポットロースト、デザートはベリーソースを添えたブラマンジェ。

メニューは鈴子によってあらかじめ決められていて、鈴子の指示に従って、昌がほとんど料理した。藤田家の食の好みに関しては、鈴子が誰よりも把握しているわけだが、それでも明日以降は少しずつ、自分のアイディアを出していこう、と昌は思った。東京で揉《も》めているとき、心のどこかで、ここで母のサポートをして──ゆくゆくは跡を継いで──働きたいと考えていた。ただその未来図も、今となっては幾分べつの色合いになってくるのだが。

鈴子は何事もなかったような顔をしていた。食事中はもちろん、昌とともに離れに戻ってからも。料理のこと──鯵は新鮮で本当においしかったわね、でもあれなら生姜醤油《しょうがじょうゆ》で食べたいところだったわね、ポットローストにはやっぱり新じゃがよりもひねじゃがのほうが合うわね、寒い時期ならリンゴソースを添えたいところだったけど──や天気のこと、骨折の治療経過、昌の仕事のこと──これに関しては、昌はいくらか嘘をつかなければならなかった──などを、いつもそうであるように中国茶を飲みながら、とりとめもなく話したが、いつも話さないようなことは、この夜も話さなかった。

まあ、そういうことなのだろう。障子で隔《へだ》てられた自室——そこはいつまで経っても、昌が高校生だったときのままに保存されている——に引き上げ、間もなく聞こえてきた隣室の鈴子の小さな鼾《いびき》を数えながら、昌は思った。母は十九年間ずっと、あの顔を通してきたのだから。でも、それなら、私にもずっと知らぬ顔を通してくれればよかったのに。

翌朝、六時前に昌は敷地内の菜園にいた。うまく眠れなかったのと、母親に先駆けて食材を吟味《ぎんみ》しておきたかったからだ。増えすぎてほとんど雑草のように見えるルッコラを収穫しているとき、足音が聞こえたような気がして顔を上げると、藤田夫人が目の前に立っていた。

「早いのね」

藤田夫人は微笑んだが、しゃがみ込んでいる昌に対して突っ立ったままなので、その微笑はいくらか歪《ゆが》んで見えた。

「ルッコラは、サラダになるのかしら。ピザかしら」

ひどく難しいことを聞かれでもしたように、昌は言葉に詰まってしまった。こんな早朝から薄いが手がかかっていることがわかる化粧をして、白い長袖のブラウスにリバティプリントのロングスカートを身につけた夫人は、陶製の人形のようだった。夫人は微笑んだまま、「昌ちゃん、あなた、知ってるの？」と言った。

何をですか、と聞き返すべきだったのだ。だが夫人の言葉はまったくの不意打ちで、昌は聞き返せなかったばかりか、追い詰められた表情で夫人を凝視《ぎょうし》してしまった。

「知ってるのね」

夫人は言った。あいかわらず穏やかな、慈《いつく》しみに満ちた表情で。

「いいのよ。いつかはそうなると思ってたから。あなたが誰にも言わないでいてくればいいの」

昌が頷くと、ほんの微かだが夫人の表情が強ばった。昌は今こそ、自分が知っていることを認めてしまったのだった。沙月はピザを喜ぶと思うわ。夫人はそう言って、ふわりと母屋のほうへ去っていった。


十九年前のあの日はやっぱり七月で、雨だった。

空が暗くて、昼間なのに別荘には灯りが点《とも》っていたことを覚えている。荒れた海と空とがひと続きの色だったことも。

藤田氏が双子の写真を撮っているところを、夫人や鈴子と一緒に、昌も見ていた。だが、途中でひとり離れに引き上げたのだった。双子はたしかに愛らしかったが、みんながあんまり双子ばかりちやほやするので、面白くなくなったのだ。おやつの時間がとっくに過ぎても、母親が呼びに来ないことに泣きべそをかきながら、少し眠ってしまった。目を覚ましたのは、外の気配のせいだった。

離れの裏の駐車場の、藤田氏の車の後部座席に、夫人が乗り込んだところだった。昌がわざわざ浴室へ行って窓から覗《のぞ》いたのは、目を覚ます直前、聞いたことのないような声が聞こえた気がしたからだった。叫び声。でなければ、怒鳴り声。だが、覗いたときには誰も声を発していなかった。車はすぐに発進し、そのあとはむしろ奇妙に静かになった。部屋へ戻るのとほぼ同時に、鈴子が玄関から入ってきた。

今日は母屋へ行かないようにと、鈴子は昌に言い渡した。夕食のときはこちらに沙月を連れてくるから、と。理由を聞くと、夏月が病気になったからだと答えた。熱が高くて、病院へ行っている。藤田のおじさんもおばさんも、付き添っている。鈴子の顔には表情というものがまったくなくて、そのことがおそろしかった。

それから記憶は一足飛びに通夜の日のことになる。黒いワンピースを着せられたこと、その服ははじめて見る服で、昌には少し大きすぎ、動くたびに襟元《えりもと》がぶかぶかしたこと。祭壇、百合の花、額に入れられた夏月の写真が、沙月とふたりで写っているスナップをぶっつり半分に切ったものであるとわかったこと。ほとんど口を利かない人たち。夏月との「お別れ」はしなかった。夏月はとても悪い、強い黴菌《ばいきん》のせいで死んだのだと聞かされていたので、棺《ひつぎ》を覗くのがこわかったのだ。大人たちも昌に無理強いはしなかった。

その記憶を、ついこの前まで疑っていなかった。成長するにつれ、「悪い、強い黴菌」というのは、病名にすると何だったのだろうという疑問は生まれたが、そのことについて藤田家の人たちにはもちろん、鈴子にも問いただせない雰囲気があって、それは死や不幸にまつわるタブーのせいだと思っていた。だが、事実は違った。病気ではなくて事故だった。踊り場に座るふたりを撮影していたとき、沙月が夏月を突き落としたのだ。

鈴子がそれを明かした。十九年目に、病院の救急患者用のベッドの上で。向かい側から猛スピードで走ってきた中学生の自転車をよけそこなって転び、右手首を折った鈴子は、自分の携帯電話で救急車を呼びそこまで連れてこられたが、連絡を受けた昌が到着したときはまだ何の処置も受けておらず、痛みに顔をしかめていた。

私たちもいけなかったのよ。鈴子は言った。あの子たちはケンカをはじめたの。小さな手足をばたばた動かして、相手をぶったり、摑《つか》もうとしたりするのが可愛らしくて、藤田さんは夢中でシャッターを押していたし、奥さんも私も、笑いながら眺めていたの。あの子たちから階段まではじゅうぶんな距離があるように思えたし、あんなふうなはずみが起きるなんて、誰も予想してなかったの。本当にはずみだったのよ。沙月ちゃんにそんな力があったわけもない。子供って、頭が大きいでしょう？　転がってしまったの。そのまま真っ逆さまだったの。

鈴子はいきなり喋《しゃべ》りだしたのだった。昌が呆然としているうちに、看護師が呼びに来て、鈴子を処置室へ連れていった。ギプスを装着された姿で再会したとき、鈴子は悄然《しょうぜん》として、さっきはごめん、と言った。痛さのあまり夢と現実を取り違えたのではないかと昌は期待したけれど、そうではないようだった。こんなところに連れてこられたら、なんだかいろいろ考えちゃって。ずっと黙っていようと思ったのに、ごめん。そのあとは昌のほうから質問して、鈴子はどちらかといえば不承不承答えた。階段の下まで転がり落ちた夏月のところにみんなが駆け寄ったときには、もうだめだとわかった。連れていった医者が藤田氏と懇意《こんい》だったので、病死ということにしてもらった。そしてもちろん、藤田夫妻と、鈴子との間でも、夏月は病気で死んだということになった。すべては沙月のためだった……。

大丈夫だよ。聞き終えて、昌は、そう言ったのだった。どうってことないよ、事件じゃなくて事故だもの。病気と同じようなことだよ。鈴子はぼんやりした顔で、こくりと頷いた。昌がそのとき思ったのは、十九年、ということだった。夏月が「病気で」死んでから十九年。鈴子も年を取ったのだ、と。

この夏はずっと晴れている。

砂は白く、海は青く、そのくっきりと分かれた線の上を、沙月と五郎と、犬が走っていく。

浜は閑散としている。奥まっているし、海水浴には水が冷たすぎるのだ。岩場の向こう側にシュノーケリングをする若者のグループがいるのが見えるが、こちら側には昌と藤田一家と、犬を連れてきた若い夫婦しかいない。犬はトープ色で毛が長く、耳が垂れている。三人の子供のように、あるいは三匹の子犬のように、ふたりと一匹は浜辺で出会ってすぐに仲良くなった。

「腹が減ったなあ」

敷物をひとりで一枚使って、籐《とう》のカゴを枕に――「あなた、カゴが潰《つぶ》れちゃうわ」と藤田夫人が文句を言ったが――仰向《あおむ》けになって文庫本を読んでいた藤田氏が、むくりと起き上がって呟《つぶや》いた。じゃあ、そろそろ広げましょうか。藤田夫人が言い、鈴子と昌はバスケットの蓋《ふた》を開けて、サンドイッチやコーヒーを取り出した。

沙月たちはずいぶん遠くのほうにいた。呼んでくるわ、と昌が立ち上がったとき、藤田夫人が「あ」と小さな声を発したのが聞こえた。昌は振り返ったが、そのときには夫人は紙皿にきれいな花柄のナプキンを敷くために俯《うつむ》いていた。昌は、鈴子のほうを見ないように努力しながら、スニーカーを履《は》いた。

昌は結局、沙月たちがいるところまで走っていった。声が届く距離まで行っても、声をかけることができなかったのだ。沙月ちゃん、と名前を呼んでも、お昼ごはんよと呼びかけても、何かへんな発音になってしまうような気がして。波打ち際で、犬を間に挟んで座っているふたりの背後まで来てようやく「ごはんよ」と声を出すと――やっぱり裏返ったような声が出た――、沙月と五郎は目を剝《む》いて振り返った。

「タイミングが悪かったっていうか、よかったっていうか」

並んで歩きはじめながら、五郎が説明した。

「霊感の話をしてたんですよ。俺はさっぱりだけど、沙月はあるって。ときどき声が聞こえたり、触れられるのを感じたりするって」

「霊感じゃないの。夏月の話なのよ」

沙月が割り込んだ。

「だから霊感とはちょっと違うの。だって夏月は死んでいるというよりは生きてるんだもの、私にとって。とくにここに来るとそう感じるの。家の中に、ふつうにいるんだよね。私だけじゃなくて、父も母も、そんなふうに感じてるみたいよ」

鋭い口笛が聞こえ、今度はぎょっとしたのは昌ひとりだった。うしろからついてきていた犬が、手を振る若い夫婦のほうへ走っていく。パパ、玉子サンドだけ先に平らげちゃいやよ。沙月の声に、敷物の上の三人はそれぞれの笑顔で迎える。

藤田夫人が離れへやってきたのはその日の夜だった。

ピクニックのランチを全員がたっぷり食べて、三時過ぎに別荘へ戻ったあと、夫妻は昼寝をしたので、夕食はもういらない、自分たちはキッチンの残りものを食べるし、沙月と五郎は街へ出かけると言っている、という連絡を受けていた。それで昌と鈴子は離れを出ずに、ワインとカッペリーニとトマトで簡単な食事をすませたところだった。午後九時過ぎ。

こぢんまりとして居心地がいい離れで、それだけが唯一の難点と言える大きな、いやな音の玄関のブザーが響いて、藤田夫人は部屋の中に入ってきた。彼女が離れの玄関で靴を脱ぐのはほとんど数年ぶりのことだった。居間と鈴子の寝室とを兼ねる六畳間にはまだちゃぶ台が出ていて、食べ終えた皿やグラスがそのままになっているのを、藤田夫人は無遠慮に眺め渡したが、見ているのは何かべつのものだった——あるいは、何も見ていなかった。

「急な話なんだけど」

夫人はほとんど間《ま》を置かなかった。

「かわりの人を探すことにしました」

テーブルの上はまだそのままだったし、昌はお茶を淹《い》れるために立ち上がってもいなかった。むしろ昌たちに何をする暇《いとま》も与えまい、というように、夫人は、鈴子を食事係としてもう雇えないこと、ついては離れを出ていってほしいこと、そのタイミングや退職金については、できるかぎり考慮するつもりだ、と淡々と告げた。

「かわりの人って……どうして？」

唇を引き結んで一点を見つめたままの鈴子に代わって、昌が聞いた。もう心当たりがあるんです、と夫人は言った。

「私も主人も、もうそんなに旺盛《おうせい》に食べられないし。沙月も自分だけの予定がいろいろできて、夏をここで過ごすことも少なくなっていくでしょうし。もう鈴子さんにいてもらう必要がなくなったんです、それで主人が、かわりの人を探したんです」

言っていることがめちゃくちゃだと昌は思った。かわりの人などいないのだろう。ようするに、出ていけ、ということだろう。

「あのことを、母が私に明かしたからですか」

否定するだろうと思ったのに、「ええ、そう」と藤田夫人はあっさり肯定した。

「私、誰にも言いません。もちろん沙月ちゃんにも……」

「ごめんなさい」

昌の弁明を遮《さえぎ》って夫人は言った。謝っていたが、扉をぴしゃりと閉めるような口調と表情で。

「ひどいわ。母は……」

「いいわよ、もう」

今度遮ったのは鈴子だった。例のぼんやりした顔になっていた。

「ごめんなさい」

暇の挨拶のように、藤田夫人がもう一度言った。

頭上で蟬《せみ》が鳴きはじめ、すると「もう、かけてこないで」という言葉がするりと昌の口から出た。

カフェはもうやめる、後始末のために近々帰るから、それまでは電話してこないでほしいと一方的に喋って電話を切り、どうしてこのタイミングでそんな決断をしたのだろう、と考えた。それこそはずみのようでもあったけれど。

母屋の沙月の声が、ここまで聞こえてくる。昌は浜へ降りる私道のほうへ回ってみた。

そこからリビングの窓が見える。木立に遮られる部分は多いけれど、ひとり立ち上がり、動物園の猛獣のように歩きまわっているのが沙月だということはわかる。壊れた道具を捨てるみたいに、という言葉が耳に届いた。それが鈴子のことだというのもわかった。

鈴子も昌も今朝から母屋には行っていないが、正午が過ぎた今、沙月はようやく事情を説明されたのだろう。それで怒っているのだ。藤田夫妻がどういう説明をしたのかはわからないが、沙月を納得させられる理由などあるはずがない。もうしばらくしたら、離れのほうにやってくるかもしれない。沙月が泣いても、喚《わめ》いても、怒っても、本当のことは欠片《かけら》も言うまいと、昨夜鈴子と話し合った。鈴子の年齢、昌の東京での事情、そういうことも絡み合って、納得ずくでやめると言おうと。昨日までの日々からすると、不自然きわまりないけれど、それで通そう、と。実際、このあとは東京でふたりで小さな店を開こうという相談もしたのだった。

手を大きく振り上げながら沙月の姿が視界から外れた一瞬、ソファの両端に座っている藤田氏と夫人、窓に背を向けてぽつんと立っている五郎の背中が見えた――まるで、誰かが熱心に構図を考えた絵のように。沙月の声に覆《おお》い被《かぶ》さるように、振り子時計が一時を打つ音が聞こえ、昌はふと自分の腕時計を見て、あの時計が十数分もくるっていることに気がついた。

逃げる

レストランマネージャーのカリートとの通話を切ったあと、携帯電話を水没させようとしているところに、再び着信音が響いた。かけてきたのが広一郎《こういちろう》であるとわかって、携帯電話は生き延びることになった。

それは広一郎からの、ほとんど一ヶ月ぶりの連絡だった。悪かったね、と広一郎は言い、咲子《さきこ》は言葉に詰まった——いったい何が「悪かった」と広一郎は思っているのだろう。そしていったいどんな言葉を返せばいいというのか。会いたかったわ。結局、そう言うしかなかった。それが本心なのかどうかわからないまま。

「会おう」

広一郎は言った。囁《ささや》くような、思いつめた声。

「今週末、白馬《はくば》だったろう？　キャンセルしちまった？」

いいえ、してないわと咲子は答えた。じつのところすっかり忘れていた。白馬。一日一組しか客を取らないペンションがあって、半年近く前に予約していたのだった。一泊だけの小さな旅。未来に用意しておいたちょっとした楽しみ。こんな未来は想像だにしていなかった。

それまで、車で出かけるときはいつでも、咲子のマンションのアプローチまで広一郎は迎えに来てくれたが、その週末に待ち合わせしたのは、マンションの近くのコンビニエンスストアだった。そうすることの理由については、二人とも口にしなかった。咲子の携帯電話が一瞬ふるえ、雑誌から顔を上げると、駐車場に広一郎の車が停まっていた。

咲子は素早く乗り込んだ。広一郎は黒いキャップにサングラスで、笑えるほど型通りなカモフラージュを試みていたが、それでも車を出す前に、さっと咲子の手を握ってキスをした。はじめ、二人はあまり喋《しゃべ》らなかった。カーラジオが流れていることが咲子は気になった。広一郎はいつも同じFM局をかけるのだ。今は音楽が流れている。カエターノ・ヴェローゾのボサノバ。初夏の午前八時にはあまりフィットしないにしても、悪くはない。だが歌が終われば、ニュースがはじまるかもしれない。この一ヶ月、咲子はずっとニュースを――貪《むさぼ》るようにそれを追っていたときでさえ――恐れていた。

「もう終わったよ」

咲子の心の中が伝わったかのように、広一郎は言った。

「もう犯人も捕まったし、葬式もすんだから」

うん、と咲子は頷《うなず》いた。そのほかに何を言えばいいのかやはりわからなかった。それで、そっと手を伸ばして、ギアの上の広一郎の左手に触れた。しばらくの間そうしていたが、広一郎がギアを入れると、咲子の手は滑り落ちてしまった。

広一郎とは二年前にレストランで出会った。

咲子がウェイトレス、広一郎が客という立場で。そこは八〇年代の遺物みたいなバブリーなステーキ専門店だった。

金曜日の夜、咲子が担当するテーブルを予約した八人グループの中に、広一郎がいたのだった。細面《ほそおもて》に銀縁眼鏡、仕立ては良さそうだが地味な服。学者みたいな人だ、というのが咲子の第一印象で、それはそのグループのほかのメンバーが、いかにもマスコミ関係という雰囲気をぷんぷんさせていたせいかもしれない。実際彼らは、広一郎も含めて広告代理店の社員とその関係者で、婚約した同僚二人を内々に祝う会だったと、あとから聞いた。広一郎の右隣に座っていた瓜実顔《うりざね》の女が彼の妻であることは、その日のうちに察せられた。

広一郎がその会の幹事役だったので、テーブルから少し離れて、料理や進行のことなどを咲子と相談する、という機会が幾度かあったのだった。次に広一郎が店に来たとき、彼はひとりだった。ひとりで来るような店ではないのに、ひとりでフルコースを食べ、赤ワインを一本空《あ》けて、咲子にこっそり話しかけた。そのあともひとりで二度ほど来たが、咲子と関係ができて以後は店内にはあらわれなかった。咲子は午後十時に仕事を終えると、ビルの地下駐車場に急いだ。そこで広一郎の白いプジョーが待っていた。

ひと月前のあの日もそんなふうに、会う約束をしていたのだった。けれども会うことはできなかった。店のエントランスがざわめきはじめたのは午後八時少し前だった。予約客ではない人たちが店に入ってきているようだった。カリートが呼ばれていつもの営業スマイルを顔に貼りつけたまま早足でそちらに向かい、テーブル席では携帯電話の着信音がしきりに鳴った。

咲子がホールから厨房のほうへ戻ってくると、黒人ウェイターのリロイが「トーリマ、トーリマ」と繰り返していた。ダンスの囃《はや》し声みたいに聞こえたが、しばらく話を聞くうちに、何が起きたのかわかってきた。このすぐ近くを、男が刃物を振りまわしながら疾走《しっそう》しているらしい。何人か刺されて、倒れている人もいるらしい。

あの日のことを思い返すと、咲子の中にはなぜか雪景色が浮かんでくる――むしむしした六月の出来事だったにもかかわらず。さらさらした雪が次第に降り積もっていくイメージ。微《かす》かな不安と、それよりは大きな興奮。はじめ、それは外の景色に過ぎなかった。咲子は安全で暖かい家の中にいた。屈強な――少なくとも屈強そうに見える――外国人ウェイターたちがドアの内側に配されて、人の出入りを見張っていたし、午後九時過ぎには犯人逮捕の報が届いて店内に歓声と拍手が起こった。

降りしきる雪の中に裸で放り出されたような気持ちになったのは、そのあとのことだった。仕事を終え、背中に大きなリボンがついたばかばかしい制服から私服に着替えて、駐車場へ降りていったあと。広一郎の車はどこにも見当たらなかった。予定が変わったという連絡もなく、こちらから何度彼の携帯にかけてみても繋《つな》がらない。駐車場で一時間待つ間に、携帯に流れてくるニュースが何度か更新されて、赤坂《あかさか》の通り魔事件で重傷を負ったのは女性だと知った。指のふるえはそれで少し収まったけれど、心の中の雪はまだ降り止まなかった。通り魔に遭《あ》っていないのだとすれば、広一郎はなぜここに来ないのか。なぜ何の連絡もよこさないのか。そうして、家に帰ってテレビをつけたとき、その理由を咲子は知ったのだった。

カーナビに従ってそのペンションの私道の入口まで来たところで、広一郎は車を停めた。

ハンドルに手を置き、まだ運転を続けているように前方を見たまま、

「夫婦ってことでいいかな」

と言う。

「もちろん」

咲子は頷き、ぎこちなく微笑んだ。

「安藤《あんどう》夫妻ってことで、いいかな」

安藤は咲子の姓だ。つまり広一郎にとっては、夫婦を装うことよりも、偽名を使うことのほうが重要なのだろう、と咲子は理解した。被害者の夫として広一郎がニュースの中に映っているのを、咲子も一度見ていた。俯《うつむ》いていたから顔を見てそれとわかる人は少ないかもしれないが、名字とセットになればあっと思う人はいるかもしれない。

「もちろん」

と咲子は繰り返した。

「安藤広一郎、素敵じゃない？」

広一郎は弱々しく微笑み返した。いや、実際のところは、一ヶ月前の事件のことを覚えている人などもうほとんどいないだろう、と咲子は思った。だが、もちろん広一郎は覚えている。さらに時が経ち、覚えているのが彼だけ――あるいは、彼と私だけ――になったとしても、広一郎は偽名を使い続けるのかもしれない。

ペンションの広い庭にはとりどりの花が咲き乱れていた。この庭と、山菜を使ったフルコースとが評判の宿なのだった。六十がらみのオーナー夫妻——オーナーはかつて広尾《ひろお》にあった有名なイタリアンレストランのシェフだった人で、それこそメディアにさかんに露出していたその顔を咲子はよく知っていた——に出迎えられ、庭に面した広いテラスがついた洋室に案内された。

お茶帽子をかぶせたポットとティーカップのセットを置いて、オーナー夫人が部屋を出て行くと、広一郎はすぐにドアに鍵をかけた。そうしてまっすぐに近づいてきたから、咲子は紅茶を注ぐ手を止めた。抱き合うと涙がこみ上げてきたが、何の涙かたしかにはわからなかったし、泣くことは正しくないような気さえした。

その一方で、広一郎の体温や筋肉の手触りや匂いには、圧倒的な、どうしようもない懐かしさがあった。この二年間、こんなに触れ合わずにいたことはなかった。付き合いはじめてからは三日に一度は会っていた。会わずにはいられなかったのだ。咲子は広一郎を愛していた。愛していた？　今だって愛している。愛が終わる理由はない。二人の間には何も起きていない。この世から消えたのは、二人の愛にはもっとも無関係な女だったのだから。

二人はベッドに倒れ込み、パッチワークのベッドカバーをめくることもしないまま裸になったが、セックスはうまくいかなかった。広一郎が、どうしてもだめだった。そしてそうなると、咲子もだめだった。ペニスの代役を務めようとする彼の指から、そっと体を離した。

「まいったな」

広一郎も仰向《あおむ》けになった。すると、彼が必要以上に自分から離れてしまったという感覚に咲子は陥《おちい》った。広一郎の胸に頭をのせると抱き寄せられたが、その腕で咲子の体は固定され、彼の顔を見ることができなくなった。

「頼みがあるんだ」

広一郎がそう言ったとき、きっとまた偽名のようなことだろう、と咲子は思った。

「結婚してくれないか」

しかし予想外の言葉だった。予想外の、待っていた言葉——広一郎の妻が生きているときは、ずっと待っていた。

「いいわ」

咲子は答えた。もちろん、と付け加えた。

「ありがとう」

二人はさらに堅く抱き合った。互いの顔を見ないままで。

ペンションの周囲には雰囲気のいい共同温泉がいくつかあることを教わって、夕食の前に入りに行った。

まだ十分に明るい露天風呂に、土地の人間らしい老女が三人入っていた。ぺちゃくちゃ喋りながら、話が途切れる都度こちらを盗み見るのが落ち着かなくて、咲子は早々に上がってしまった。服を着て脱衣所から出ようとしたときふと思いつき、携帯電話を取りだした。

今朝コンビニを出たときからずっとマナーモードにしていたが、いくつか着信があったことには気づいていた。着信は二度で、ひとつはカリートから、もうひとつはウェイトレスの同僚だったアキからだった。アキはきっと、カリートから言われてかけてきたのだろう。咲子はカリートへかけ直した。

「サーキーコォー!」

カリートは長い雄叫《おたけ》びのような声を出した。

「戻る? 戻るよね?」

咲子のほうからかけてきたのだから、そういうことだと思っているのだろう。カリートの熱心さはどちらかといえば店のためだが、それでも彼との間には友情に近いものもあった。

「ごめん、戻らない」

観光客らしい中年女が脱衣所に入ってきて、洗面台の椅子に掛けて電話している咲子をじろりと見た。もうじき浴場の老女たちも上がってくるかもしれないが、しかたない。電話しているところを広一郎に見られたくなかった。

「それをはっきりさせようと思って、電話したの。お店、もう辞めるから。今月分のお給料もいらない」

「なんで？　あのオヤジ反省してるよ。でも咲子がこのまま店に来ないと、きっとフクザツになるよ。メンドクサイよ」

カリートもアキも、もちろんあのレストランのほかのスタッフたちも、結局のところ何も知らないのだった。咲子に恋人がいるらしいことは気づいていても、それが広一郎であることは知らない。だから咲子の恋人の妻が、通り魔事件の被害者であることも知らないのだ。

「私、結婚するのよ」

するとカリートは一瞬黙ってから、「クッダラネー」と言い放った。咲子はちょっと笑いそうになる。

「そんな理由？　それでバックレんの？」

咲子は今度こそ笑い声を上げたが、そこで電波の状態が不安定になって、少しの間会話が途切れた。

「私、今、山の中にいるのよ」

通話が戻ると、咲子はそう言った。

「なんで？　男と一緒？」

「ひとり」

なぜかそう答えてしまった。

「迎えに来てよ、カリート。そしたら戻るから」

「何言ってんの？　意味ワカンネー」

咲子はまた笑って、もう切るからと告げた。カリートは抗《あらが》わなかった。それこそ何か「フクザツ」で「メンドクサイ」ものを感じとったのかもしれない。

表に出ると広一郎は車のそばで待っていて、ずっとやめていた煙草を当たり前のようにふかしていた。

宿に戻ると、一階のダイニングでふたりは夕食をとったが、皿の上の料理はほとんど減らなかった。

咲子の食欲はこのひと月ずっとなかったが、今夜が最悪であるように思えた。絵画のように盛りつけられた料理は文字通りぺらりとした絵のように感じられ、何の感動も覚えることができなかった。いっそ飛び出してきた店の名物だったぶ厚く血の滴《したた》るローストビーフでも出されたほうが、食指が動いたかもしれない――今このときを乗り切るための燃料として。

広一郎に至っては、料理がただ冷えていくことなど気にもならないというふうだった。気にしていたのは配膳しているオーナー夫人で、とうとう「お口に合いませんか？」と訊ねられてしまった。

「いいえ」

広一郎はうるさそうに首を振った。今や料理同然に宿の人たちのことも眼中にないようだった。

「結婚したら……」

そう言って、咲子をじっと見つめた。それでオーナー夫人は、手をつけられていない皿をテーブルの上に残して、立ち去っていった。厨房の中でどんな会話が交わされることか。

「どこに住もうか。咲ちゃんは、どこに住みたい？」

「ここはどう？」

と咲子は答えた。

「ここ？」

「うん、白馬」

「白馬か。いいかもね」

「それかハワイ」

「ハワイもいいね」

「南米でもいいわ」

食べないかわりにそればかり飲んでいたワインで、咲子は少し酔っていた。そして調子に乗ってしまったのかもしれない。「調子」をメロディーと訳すとすれば、それは不穏な旋律《せんりつ》に違いなかったが。

広一郎は黙り込んでしまった。そこへオーナー夫人がやってきた。

「蛍《ほたる》、どうなさいますか」

唐突な発言には違いなかったが、そういえば電話で予約をしたとき、その頃ならば蛍がごらんになれますよと言われたことを咲子は思い出した。

「今、よく飛んでます。美しいですよ。うちから車で十五分くらいのところです。よろしければお食事後に、私がご案内しますけれど……」

この人たちも私たちに関していわれのない責任を感じているのだろう、と咲子は思った。

「ええ、お願いします」

意外にも広一郎はそう答えた。

夜の山道は慣れていないと危険だからと、夫人が運転するバンで行くことになった。宿の前で乗り込むとき、咲子は頰にぽつりと水滴を感じた。走るうちにぱらぱらと降ってきて、山に入ったところでかなりの雨脚になった。Uターンするにしても目的地まで行かないと、と夫人が言い、咲子と広一郎は黙って座席に沈み込んでいた。

やがて車は止まったが、真っ暗なのでそこがどのような場所なのかまったくわからなかった。雨は土砂《どしゃ》降りと言っていい強さになっている。山の天気はこれだから。夫人は、それまでの彼女らしくなく、舌打ちでもしかねない口調で吐き捨てて、どうします？　と振り返った。雨でも、蛍は飛びますけど……。行きますよ、と広一郎が当然のように答えた。

蛍が飛ぶ場所までここからさらに歩くのだという。トランクに用意されていた大きな傘を一人一本ずつ持ち、懐中電灯を持った夫人が先頭になって進んだ。平坦な道だったが途中からぬかるんできた。そこ、水たまりがあるから、気をつけてください。懐中電灯の頼りない光の輪がふわふわと動く。雨はさらに勢いを増して、足元とともに肩や腕もじゅくじゅく濡れてきた。いったいどうして自分たちはこんなことをしているんだろうと、咲子は広一郎と一緒に笑いたいと思うが、傘が邪魔をして彼の顔は見えない。

傘が重くなってくる。五分ほどですと夫人は言ったのに、もう何十分も歩いているような気がした。咲子はまた雪景色のことを考えはじめたが、次第にそれを今現在の情景が侵食していった。雨と暗闇。そう、そっちのほうがふさわしい。

あれは事件が起きてから三日後のことだった。広一郎の妻が搬送先の病院で死んだことを、咲子は知った。広一郎からは連絡がないままだったから、もちろん彼から知らされたのではなく、ネットのニュースサイトで見たのだ。彼女はフリーのデザイナーだったのだが、仕事の関係者だったという女性の談話が載っていて、「赤坂なんて彼女は普段行かない場所なのに、不運としか言いようがありません」とあった。それ以前の記事に「たまたま通りかかったところを」と書かれていたこともそのとき咲子はあらためて思い出した。彼女があのときあの場所にいた理由を、はっきり知り得た記者はいないようだった。むろん広一郎は問われただろう。そして黙って首を振ったのだろう。

　実際のところ、本当のことはわからない。新しい仕事先とか、仕事上のインスピレーションにかかわることで赤坂へやってきたのかもしれない。あの辺りに友人がいて、突然訪ねて驚かせようとしていたのかもしれないし、インターコンチネンタルホテルの一室で愛人が待っていたのかもしれない――その可能性だってゼロとは言えない、広一郎は否定するだろうけれど。

　けれども、それなら、考えられる理由をもうひとつ、付け加えることもできた。彼女が目指していたのは咲子だったのではないか。咲子という女をたしかめるために、あるいは対峙《たいじ》するために、もしかしたら罵倒《ばとう》するために、彼女はあのとき赤坂に来たのではないのか。夫に恋人がいることを、彼女は「うすうす気づいてるだろうね」と広一郎は言っていた。「でも、どこの誰かなんて知りようがないよ」とも言っていたが、そんなこと、それこそわからない。広一郎に気づかれないように手を尽くして調べたのかもしれない。そしてあの日、赤坂へ来て、通り魔に遭った。だとすれば、もしも咲子が広一郎と関係していなければ、彼女は死なずにすんだことになる。

　そういうことを、咲子はその日――広一郎の妻の死が報じられた日に、シュリンプカクテルやリブステーキをサーブしながら、考えていた。それまで、店にはずっと出ていた。通り魔は捕まったのだから、仕事を休む対外的な理由はなかったし、家に籠《こ》もって広一郎からの電話を待っているよりは働いているほうが気が紛れたし、結局のところ、ほかにどうしようもなかったからだ。

担当しているテーブルの、男ばかりの六人グループがワインをどんどん空けていい調子になっていて、とくに最年長のスキンヘッドの男が乱れていた。咲子がテーブルへ行くたびに何かと気を引くようなことを言ってきたが、いつもの咲子ならどうということもなく受け流していただろう。いや、そのときも、男に苛立《いらだ》っていたわけではなかった。苛立っていたのは、広一郎の妻について自分がずっと考え続けていることだった。

六人グループが地下のバーに移動することになり、咲子はまだ残っている彼らのワインボトルを持って、最後尾につくために階段の入口で待っていた。そのとき、スキンヘッドが通り過ぎざまに咲子のほうへ傾いてきたのは、酔って足をとられたせいだったのかもしれない。けれども、腰にすがりついてきた男の手の感触に咲子は爆発した。たぶん、男ではなく広一郎の妻の死を払いのけるためだったに違いないが、とにかく咲子は男を突き飛ばした。スキンヘッドは階段を五段落ちて踊り場に転がり、さらに落ちそうだったところをかろうじて仲間の男が引っ張り上げた。

おそらく酔っていたせいで、怪我は軽い打ち身ですんだ——というのはあとになってカリートの電話で知ったことだった。スキンヘッドが落ちるのと同時に、咲子は踵《きびす》を返し、スタッフルームに駆け込んで、制服の上にパーカを羽織っただけの格好で店を飛び出したからだ。以後、カリートからの再三の電話にもかかわらず、私服を取りに戻ることさえしていない。そのことを広一郎にまだ言っていなかった。なぜか明かすことができない。

　咲子ははっとして振り返った。広一郎の姿が見えない。さっきぬかるみの中を歩くとき繋いでいた手を、気づかぬうちに離していた。ずっと咲子の前を歩いてくれていると思っていたが、前方には夫人の背中しか見えない。

「待って。ちょっと待ってください」

　夫人を呼び止めた声は、ひどく切迫したものに響いた。

「彼がいないんです。一緒に来てないんです」

「いない？　そんなわけないでしょう」

　夫人は叱責《しっせき》する口調になった。

「一本道だから、迷いようもないのよ。遅れてるだけだと思いますよ。呼んでごらんなさい」

　そう言われても咲子は声が出なかった。暗闇は一段濃く、深くなったように感じられ、その中に広一郎がいるとはとうてい思えない。名前を呼んで、答える声がなかったらどうしたらいいのか。

「お客さあーん」

苛立ったように夫人が大きな声で呼んだ。

「お客さあーん」

夫人の声に合わせるように雨音がいっそう激しくなったような気が咲子はしたが、やがてパシャパシャという足音と「すみません、ここにいます」という広一郎の声が咲子のすぐ後ろで聞こえた。

「追いつきました、大丈夫です」

咲子は広一郎の腕を取った。体の深いところがふるえはじめた。

「もう、すぐそこですから」

夫人は広一郎が遅れた理由を聞かなかった。

「ごめん、小便」

広一郎は咲子には小声で教えた。咲子は頷いたが、ふるえは収まらなかった。そして自分が信じていないことに気づいた。広一郎はこれまでそんな言葉を女の前で使う人ではなかったし、ましてやそんな理由で咲子を心配させる男ではなかったのだから。

目の前を小さな光の粒がふわりと横切った。

あ、と思う間もなく、次のひとつがあらわれた。そのあとは一歩進むごとに光の粒は増えていった。

それまでずっと、細い水流に沿って歩いていたことに気がついた。夫人が足を止めた先でそれは川に合流していて、川岸に無数の光が舞っていた。

着きましたよとも、きれいでしょうとも夫人は言わず、咲子も広一郎も無言で眺めた。咲子はこれまで蛍を見たことがなかった。ちっぽけで頼りなく、今にも闇に滲《にじ》んで溶けてしまいそうな光。光は飛ぶのではなく浮かんでいて、不安定に動く。美しい、と咲子は思った。思おうとして思ったのだった。本当は、こわい、と感じていた。あまりに美しすぎるし、幻想的すぎるのだ。今の自分と広一郎が眺めるべき景色ではないと思った。

「嬉しい？」

耳元でふいに広一郎の声がして、咲子は思わず身をすくめた。

「え？」

「こうなって、嬉しい？」

咲子は身を硬くしたまま黙っていた。広一郎が何を聞こうとしているのか、考えたくなかったのだ。

「だって、ずっと僕をほしかったんだろう？」

広一郎の息が首にかかる。その感触は、スキンヘッドの男の手を思い出させた。咲子は怒りを覚えた。ほら、やっぱりこんなことを言い出した。怒りは蛍に向かい、夫人に向かい、そして広一郎に向かった。

「あなたはどうなの？　嬉しくないの？　私と結婚したかったんじゃないの？」

広一郎が声を発した。それが笑い声なのか泣き声だったのか、そのどちらでもない叫び声だったのか、咲子にはわからなかった。彼が覆《おお》い被《かぶ》さってきたように感じたが、それは彼の傘だった。広一郎は駆けだしていく。前方には川しかない。

「あ、ちょっと。待って。そっちはだめですよ、待って」

夫人が今度こそ慌てた声を出した。ぬかるみを撥《は》ね散らす足音が聞こえる。広一郎を追おうとする夫人が、その前に咲子のほうを振り返った。あなたの役目でしょうというように。

けれども咲子は動かなかった。その場に突っ立ったまま、逃げなさいよと思っていた。逃げたいなら逃げればいい、と。

ドア

バー「DOLL'S」のドアは黒い。

重たい鉄製の黒いドアだ。

店は雑居ビルの地下にあり、路面から階段を下りてきたふりの客は、まずそのドアの前で怯《ひる》むことになる。店名も看板もないこのドアを押していいものかどうか。押してしまえば、とって食われるわけもなく、大半の客は常連になる。

そのドアの外側で、香津実《かつみ》はビールケースを持ち上げる。廊下の奥に、厨房《ちゅうぼう》に通じるもうひとつの入口がある。屈《かが》んだとき「いてっ」と声が出た。買ったばかりのベルボトムが窮屈なのだ。肉——そもそも香津実には、肉と呼べるほどの肉はついていないが——ではなく、腰骨にあたる。七〇年代の服ばかり揃《そろ》えている古着屋で、試着したときからそれはわかっていたのだが、色が気に入ったので買ってしまった。ど派手な紫色のベルベット。六月には少し暑苦しい。

最後のケースの前で腰をさすっているとき、綾子《あやこ》が階段を下りてきた。

「痛めたの？　大丈夫？」

「このところ使いすぎちゃって」

そういうことにしておこうと思いながら香津実はにかっと笑ってみせる。

「桑名《くわな》さん、もう来てるよ」

「彼だけ？」

「まだね」

綾子は店内へ入っていき、香津実も裏口から厨房へ入った。店の中は薄暗いと言うよりも暗い。間接照明は客席ではなく、コンクリートの壁のアート——オーナーがときどき入れ替えるのだが、今は女性器と見まごう蘭《らん》の水彩画のシリーズが掛かっている——を照らしている。低くかかっている音楽の選択には香津実も関わっていて、ＵＫのロックが多い。

二十三時。本格的な営業は今頃からになる。十九時の開店直後にぱらぱらとやってきた客たちはみんなもう帰って、今は客はひとり。桑名という、出版社勤務の脂ぎった肌の男がいつものようにカウンターに座っていて、綾子はその隣に掛けた。

「焼肉食ってきただろう」

「やだ、匂う？　焼肉じゃなくて炭火焼きなんだけど」

「俺なんかには縁がない高級炭火焼きだろ。匂いをつまみに飲むよ」

「やあねえ」

　ビールを冷蔵庫にしまいながら、香津実はふたりの会話を漏《も》れ聞く。カウンターの中には今はオーナーが出ている。忙しいときにはオーナー夫人が手伝いに来ることもあるが、今夜はオーナーとバイトの香津実だけで切り盛りすることになるだろう。

「あれから鳩谷《はとや》君に会った？」

「いや、鳩谷にもサムにもしばらく会ってない。忙しくてさ、久しぶりなんだよ、ここ来るの」

「そっか、あの話が出たときも桑名さんはいなかったんだね」

「何、あの話って」

「鳩谷君、彼女ができたんだよ。それが急展開で、もう二泊三日の温泉旅行とか行っちゃってるの。今日辺り帰ってくる頃なのよ」

「まじで」

「彼女、十九歳なんだって」

「なんだよ、それ」

　そのタイミングでドアの向こうで音がしたので、オーナーも含めてその場の全員がそちらに首を向けた。香津実も立ち上がってドアを見た。

ドアはなかなか開かなかった。こちら側は赤い塗料で塗られているそれがほんの少し開いて、店内よりも明るい廊下の灯りがドアの周囲に滲《にじ》んでからも、そのまましばらく何事も起きなかったので、香津実は奇妙な気持ちになった。見慣れているドアが、突然べつのものになったような――このドアはいったい何なんだ、というような。

だが結局それは開き、入ってきたのは鳩谷だった。携帯電話をいじっているから、メールの着信か何かがあって、チェックしてからドアを開けたのだろう。綾子と桑名が拍手で迎え、香津実も「いらっしゃーい」と言うために出ていった。

そのあと続けて常連のグループが二組来て、店内は賑《にぎ》やかになった。

丸テーブルを囲んでいるのがアパレルメーカーの社員たち、ソファを置いたコーナーを占めているのが広告関係。カウンターの桑名たちは勤め先も職業もばらばらだった。元々はひとりで飲みに来ていた者たちが、この場所でたまたま隣り合ったことで組成されたグループなのだ。

「何それ?」

香津実は大げさに声を放つ。オーナーと交代してカウンターに入っている。

「やんなかったわけ、それで」

不承不承というふうに鳩谷は頷《うなず》く。すらりとした優男《やさおとこ》。このグループの中では一番若く、まだ三十代の半ばだ。近くのカフェの店員で、早番の日にここに来る。

「じゃあ、ただ眠ったの？　並んで？」

そう聞く綾子は、社長秘書だ。ふわっとした感じの女で若く見えるが、最年長の五十歳。社長の会社は映画関係らしい。綾子が社名をあきらかにしないのは、社長と不倫関係にあるという事情による（そちらは早々にあきらかにした）。

「眠ったっていうか、俺は眠れなかったけど、ほとんど」

「それ、襲うべきだったんじゃないの？」

桑名は四十五歳でバツイチで、自己申告によれば「女いない歴」五年ということになっている。

「結婚するまではセックスできないって言い張る女が、なんで温泉旅行に来るわけ」

「旅行はいいんだって。旅行とセックスをセットで考えるほうがおかしいって言われた」

「セットじゃん」

「セットよねえ」

「ようするに結婚してくれってことでしょ。結婚しちゃえば？」

「やだよ」

「やなんだ？」

笑い声が上がったのをしおに香津実はカウンターを離れた。替えの灰皿を持ってテーブル席を回り、そのあと「コーラ補充してきます」とオーナーに言い置いて店を出た。

階段を上って外気を吸い込む。雨は今日は降らなかったが、空気はじっとりと重く、濡《ぬ》れた植物と埃《ほこり》の匂いがした。夜に匂いがあることに気がついたのは十五歳の夏だった。その話を、誰と誰と誰にしたのだったか。ようするにそれは、自分がゲイだと理解したときでもある、というオチなのだが。香津実がオチを言う前に、俺は十二歳のときだったな、と口を挟んで話の腰を折ったのはサムだったが。

そんなことを考えながら、通りを挟んで斜め向かいのコンビニまで歩く。五百ミリのペットボトル入りコーラを六本買って、帰りは何も考えずに戻る。


裏口から入った瞬間に灯りが消えた。

えっ、何。香津実は動揺して思わず声を上げてしまい、しっ、とオーナーに腕を摑《つか》まれた。一瞬後、バースデーソングが流れてくる。そうだった、午前零時だ、今日はバースデーサプライズの注文があったんだったと思い出す。

丸テーブルのアパレルグループだ。すでにマスターが冷蔵庫から出して用意していたバースデーケーキ――そもそも今夜はこれが入っていたから、コーラの余地がなかったのだった――のロウソクにふたりで手早く火を点《とも》して、香津実がテーブルまで恭《うやうや》しく運んでいった。歓声、拍手、「うそーっ」という主役の声。いつもの三点セットだ。主役はこのグループでは最年少の、チカちゃんと呼ばれている女の子だった。二十二歳。香津実の年齢の二分の一以下だ。ロウソクは中型の赤いのが二本、細いピンク色のが二本で、それを彼女が吹き消して、また拍手と歓声が上がる。

「えーっ信じらんない。なにこれ。やだ。なんで誕生日今日だって知ってたの？　信じらんない信じらんない」

チカちゃんは途中から涙声になり、そうすると「チカったら、泣かなくてもいいじゃない」と応じる年上の女までが目頭を押さえたりして、香津実はやれやれと思う。

「誕生日ぐらいで泣いてたら、この先どうすんだよ」

それで、そう言ってやる。香津実はそういうキャラだということになっているから、みんな笑うし、傷つく者もない――誰かを傷つけたいなんて、少なくとも意識的には、一度も思ったことはないはずだが。

「誕生日くらいよ、泣けることなんて」

目頭を押さえた女が言い返し、それには、

「寂しい人生だねえ」

と返す。寂しくなかったら、毎晩ここに来ないわよ。そりゃそうだ。応酬《おうしゅう》が頃合いになったところで、香津実はテーブルを離れた。

カウンターでは綾子の恋が話題になっている。

「それが、偶然なのよ。ほんっとに偶然」

社長と食事をしていた築地《つきじ》の天ぷら屋のカウンター席で、社長妻を含むマダム三人連れと鉢合《はちあ》わせしたという話。社長は妻が入ってきたことに気づくと、「泣け」と綾子に命じたそうだ。

「それで、泣いたの?」

「泣いた泣いた。っていうか、いきなり言われたって涙なんて出ないけど、とりあえず俯《うつむ》いて、口のとこに手をあてたりして」

「あうんの呼吸だね。すごいね」

「いや、もちろん最初は意味わかんなかったんだけど、泣け、泣け、泣けって、小さい声なんだけど、すっごい必死なのがわかったからさ。とにかく泣いたほうがいいんだろうなって」

綾子が泣き真似をすると、社長はすかさず席を立って妻たちのほうへ行き、「今、秘書を叱責《しっせき》しているところなので、見ないふりをしてほしい」と言ったそうだ。

「綾子もすごいけど、社長もすごいね」

「っていうかそれ、社長妻は信じてないんじゃないの」

「いや、信じちゃうの。そういう奥さんなのよ。だから別れられないんだって」

「なんだそりゃ。それ綾子に言うわけ」

「あの人もほら、ちょっと子供みたいなところがあるから」

「それ都合よすぎでしょう」

「誰の都合?」

「子供って言葉を都合よく使いすぎってこと」

あらー、と綾子は笑う。挑発されても、たいていはそんなふうに笑っていなしてしまうから、誰もそれ以上突っ込めない。綾子は実際のところ社長なしではいられない女なのか、案外どうでもいい関係なのか、あるいはそもそも社長という男は存在するのか、香津実には今ひとつ判断の決め手がない。

ドアが開く。

ばかに勢いよく開いたので、再び、みんながそちらを見る。

ドアを開けたのは見たことがない若い女だった。ぽかんとした顔で突っ立っている。

「あっ」

鳩谷が飛び上がるように立ち上がってそちらに行った。連れてくるのかと思ったら女とともにテーブル席に着いてしまった。それもカウンターからはいちばん遠い、よほど混んでいるときでなければ使われない隅っこの狭苦しい席だったから、最終的に、彼女こそ「結婚前はやらせない女」なのだと一同は理解する。

「まあ、よくいる感じの女だね」

カウンターに置いたままだった鳩谷のバーボンソーダを、香津実はテーブル席まで運び、戻ってきて、桑名と綾子にそう報告した。でもやっぱ、若いよね。あれじゃ鳩谷はふりまわされるな。二人はそれぞれに幾らかの感想を述べたが、その話題はなぜかもうさほど弾まなかった。

「そういえば、サム、来ないね」

しばらく沈黙が続いたあとで、場つなぎのように綾子が言った。俺もずいぶん会ってないなあ、と桑名が受ける。

「最近、いつ来た？」

「先週は一度も来なかったと思うな」

香津実は答えた。

「ヘッドハンティング、受けることにしたんじゃない？　それで忙しいんじゃないのかな」

綾子が言うと、

「あれって本当だったのかな」

と桑名が言った。

「その種の嘘《うそ》は吐《つ》かないんじゃない？　サムは」

「いや、サムが嘘吐いたっていうんじゃなくて、サムがだまされたりしてないといいけどって話。税理士のヘッドハンティングってよくあるのかな」

「大きい事務所から引き抜かれたって話だったけど。でも、そうねえ、だまされるって、サムならあるかも」

「顧客情報だけ持ってかれて、元いた事務所もクビになったとか」

「それで来ないの？」

もちろん笑い話だ。サムという渾名《あだな》はこの店内だけの通称で、ハンサムのサムだった。整った女顔、小柄だが均整のとれた体つき、ハンサムであるのは間違いなかったが、それが渾名になってしまうような男でもあった、ということだ。四十五歳だったがずっと若く見え、彼を知るほどにさらに若い印象になった――少年と言うよりガキみたいに。ここでは好かれていたがばかにされてもいた。ばかにされていたが好かれてもいた、というべきかもしれないが。

テーブル席のほうで再び拍手が上がった。プレゼントを開けているらしい。キラキラ光っているのは包装紙だ。そちらに向けた首を戻してから、そういえばさ、とまた綾子が言った。サムのサプライズやったことがあったよね。

「あった、あった。でもあれ、間違ってたんだよな」

そういえば、ではじまる会話で思い出されがちな男でもある、と香津実は思う。実際、自分もそのときのことを考えていた。冬だったか夏だったかも覚えていないが、あれはもう二、三年前のことになるのか。カウンターに集まるこの客たちが出会ってからは、もう七、八年が経っている。

「来週、サムの誕生日だよって、香津実ちゃんが言い出したのよね」

「でたらめだったんだよな」

「でたらめはひどいよ。思い込んでたんだよ」

実際のところはでたらめだった。朝に近い時間で、酔っぱらっていて、ハイになった頭で、来週辺り誰かの誕生パーティがあれば楽しいなと思ったのだろう。それで、たまたまその場にいなかったサムの名前を出したにすぎない。

「サムもサムよね。黙ってお祝いされるがままになってたんだから」

「じつはあの日は誕生日じゃなかったんだって、あいつ、いつ言ったんだっけ？」

「何ヶ月も経ってから。今日、僕の誕生日なんだって。うっかりしてたみたいなのよ。だってこの前のサプライズのときは？　ってみんなで驚いたら、しまったって顔して……」

「ホント面白いよな、あいつ。サプライズのときに俺が撮ってやった写真、気に入ったらしくてインスタグラムのプロフィールに使ってるんだぜ」

笑いながら桑名が言った。

「インスタグラムなんてやってるの、彼？」

「うん、夜の街とかマンホールのアップとか女の後ろ姿とか、キザな写真をアップしてたよ」

「サムはともかく、桑名さんがそういうのやってるってびっくりだわ」

「いや、作家がやってたりするから、ちょっと見たことがあるだけだよ。今はもう見なくなった」

「あたしなんか、インスタグラムが何かってことを、最近知ったばかりだもん。香津実ちゃんもそういうのやってたりするの？」

「俺なんか、それが何かすらまだわかんないよ」

香津実はそう答えた。実際には知っていたし、サムの写真も見ていたのだが。

インスタグラムというのは写真専用のツイッターみたいなもので、呟《つぶや》きのかわりに写真が流れてくる。こんな旨いものを食べましたとかこんな素敵な場所にいますとか、うちのペットはこんなにかわいいんですとか、そういう日常の細々（多くは自慢）を、写真に撮って公開したりされたりするのだ。それの何が面白いんだというのが香津実の正直な気持ちだが、桑名と同じく客商売の身としては、客の誰かがやっているという話になれば、一応チェックはすることになるわけだった。

サムの場合は、ある夜、香津実の指輪をスマートフォンのカメラでおもむろに撮りはじめたので、なんのつもりだと聞いたことから、彼がインスタグラムのアカウントを持っているのを知ったのだった。以来、ときどきサムの写真を眺めていた。キザな写真だと桑名は言ったが、繊細でかっこいいとも言えて、何より店で見せるのとはべつのサムの一面が窺《うかが》えるようなところもあって、正直なところ結構楽しみでもあった。サムはほとんど毎日、二、三枚ずつアップしていた。

休憩していいよと言われたので香津実は厨房に引っ込んだ。今夜最初のアルコールである缶ビールを開け——この店では店員の飲酒はむしろ推奨《すいしょう》されている——、夕方自分で作っておいたまかないのアドボ（酢を利かせたフィリピンふうの煮込み）を白飯にかけてかき込みながら、スマートフォンでインスタグラムにアクセスした。

もう見ないつもりだったのに、話に出たせいでついまた見てしまった。サムの最近の写真は花だった。土手のようなところに群生している黄色い花で、この辺りでは見ない花だが、とりたてて美しいというわけでもない。名もない花をアーティスティックに撮るところがサムの真骨頂《しんこっちょう》というわけだなと、香津実は皮肉っぽく思ったものだった。

最近といっても、その写真がアップされたのは二週間以上前のことだ。それきり途絶《とだ》えたことが、香津実は気になったのだった。サムについてはそれ以前に、もうひとつ気になることがあった。いや、そちらのほうはたいして気にしていなかった、少なくとも気にせずにいることができていたのに、写真が途切れたことで、そっちを思い出してしまった。香津実は猛烈に後悔する——いっそ呪《のろ》う。インスタグラムなんてものを知ってしまったことを。そもそもそんなものが存在することを。インスタグラムにせよツイッターにせよフェイスブックにせよ、誰がいつどこで何をしているか、あるいは何をしていないか、どうしてこうも容易《たやす》く俺に知らせようとするんだ？

ようするに、香津実は気になり、先週の休日にちょっとした遠出をしたのだった。そうして、サムが撮った黄色い花が群生しているのは、土手じゃなくて浜辺であることを知った。都内から電車で二時間強かかるその場所へ、どうして辿《たど》り着いたかといえば、ハガキのせいだった。店の客がコートや鞄を置いておくクローゼットの床に落ちていた一枚の官製ハガキ。

明け方、その日の客が全員帰ったあとに、自分のジャケットを取ろうとして、香津実はそれを見つけたのだった。宛名に心当たりはなかったが、差出人名が橘郄順子《きつたかじゅんこ》だった。サムのフルネームは知らなかったが、橘郄という変わった名字だというのは覚えていたから、サムの身内だとわかったのだ。その日はサムが来ていたから、彼の鞄から落ちたのだろうと。

それにしても少々奇妙だった。ハガキには消印はなく、つまりそれはポストに投函《とうかん》される前のハガキだったからだ。サムが橘郄順子から投函を言付《ことづ》かって持っていたと考えるのが妥当だが、サムは麻布《あざぶ》のマンションにひとり暮らしのはずだった。

香津実はアドボの最後のひとくちを口に入れ、ちょっと酢を入れすぎたなと思う。口の中を洗うようにビールを飲み、それから、また後悔した。なんであれを読んじまったのかなあと。

最初は、差出人の住所をたしかめるだけのつもりだった。サムのやつ、じつはひとり暮らしじゃなくて、都内の一等地の豪邸に、パパやママと一緒に住んでたりするんじゃないかと思ったのだ（ある部分、それは当たっていた）。住所は都内ではなくて神奈川県の鎌《かま》倉《くら》市だった。サーフィンをするやつらが週末に行くようなところだろうという程度の知識はあった。妙だなと思い、そうして、文面を読んでしまった。

橘郄順子は膵臓癌《すいぞうがん》を患っていた。「医者に行ったときには末期で、手術はできないと言われました」。自分のことはあきらめているが、息子のことを心配している。「今度のことでは私よりも雅人《まさと》のほうがまいっています。先月四十五歳になりましたが、あいかわらず親がかりで暮らしております」。そのことで一度兄さんと相談したい、体がしんどいので、できれば都合がいい日にこちらへ来てほしい、と橘郄順子は懇願《こんがん》していた。

スナック菓子の段ボール箱と積み重なったCDと、オーナーのマンションから溢《あふ》れた衣類と枯らした観葉植物とで構成されている、厨房奥の小部屋に、黄色い花の群生が侵食してくる。

五日前の日曜日、香津実はその花の中を歩いていた。橘郄順子の住所を入力した、スマートフォンのGPSに従って。

インスタグラムにアップされるサムの写真が途絶えてから十日あまりが経ち、サムが店にあらわれなくなってからは半月ほどが経っていた頃だったが、さほど心配していたわけでもなかった。客なんて気紛《きまぐ》れなものだ。ほかにいい店を見つけたのかもしれないし、その店でいい女に出会って、インスタグラムなどどうでもよくなっているのかもしれない、と考えていた。

サムが「親がかりの」橘郄雅人であるという確証もなかった。もしもサムが雅人だとしたら、橘郄順子はあのハガキの投函を息子に託したりするだろうかとも思っていた――実際のところ、サムは雅人だったわけだから、順子はあの文面を息子に読ませることを是《ぜ》としたわけで、とすれば、あえて読ませることにしたのだろう、と香津実はあとになって考えることになるのだが。もちろん、サムに惚れていたというわけでもない、断じて。ノンケなのはあきらかだったし、まったくその気になりようもないガキだったのだ。サムが隠していい何かを暴こうというつもりもなかった、たぶん。当該の住所へ行ってもしもサムの姿を見かけたら、見ないふりをしてさっさと踵《きびす》を返すつもりだった。

じゃあなぜ俺はわざわざ出かけたのだろう。香津実は何度目かの自問自答をする。暇だったんだ。結局、それが答えになる。あるいは魔が差したんだ。魔が差す、ということが、たぶん人の一生には三度くらいはあって、そのうちの一回が二十三歳のとき結婚というものをしてみたことで、二回目があれだったのだろう。ちなみに結婚生活は、一年しか続かなかった。

まるで映画のワンシーンみたいだったなと、香津実は思い返す。砂の上に黒いヒモみたいに落ちる自分の影を連れて、黄色い花の中を歩いていったら、砂浜と一続きになったような広い、植物が見当たらない庭のある古い二階屋があって、香津実がちょうどその家の前まで来たときに、玄関からあきらかに喪服とわかる黒いワンピースを着た女が出てきたのだった。

女に不審げにじろじろと見られ——ピースマークがついた臍《へそ》が出る丈の黄色いTシャツに、ブラックデニムを穿《は》いた五十二歳ともなれば、じろじろ見られることのほうが多いわけだが——香津実は女と入れ替わりに家のほうへ近づいていった。その道の先にはその家しかなかったからだ。そうして、背後に女の視線を感じながら、呼び鈴を押した。あれもまた、自分でも理解できない、どうかしていたとしか言いようがない行為だった。出てきたのはサムではなくて老婆だった。青白い顔で干し椎茸《しいたけ》みたいに小さく萎《しぼ》んでいて、喪服が拷問《ごうもん》じみて重たそうだった。

なんでしょう？　と老婆は大儀そうに言った。

僕は雅人さんの友人です、と香津実は答えた。

雅人のことをどうして知りましたか、と老婆は聞いた。香津実は答えられなかった。老婆は溜息《ためいき》を吐いた。

　ジシするとよくまあ伝わるものね、と老婆は言った。

　ジシ。その言葉はあらたな溜息みたいにも聞こえ、自死だとははっきり認識されなかった。ただ、不吉な響きを感じただけだ。認識したのは、家に上がり、サムの遺影がまつられた祭壇の前で手を合わせたあとだった。なんで。思わず口から漏れた呟きに、老婆が意味を取り違えた、しかし驚くほど鮮《あざ》やかな返事をしたからだ。首を括《くく》ったんですよ、と。


　休憩から戻ると、三つのグループの客たちが交ざり合って飲んでいた。

　バースデーケーキのお裾《すそ》分《わ》けなどがあったらしい。といっても鳩谷と恋人はあいかわらず隅のテーブルでふたりの世界を守っていたし、桑名と綾子もカウンターから動いておらず、ただそこにアパレルグループの若い男女ふたりが加わっていた。

「いろいろ教わってる？　おじさんとおばさんに」

　香津実は自分用のジンフィズを作りながら茶化した。

「彼、九〇年生まれだって」

　綾子がアパレルの青年を差して、目を丸くしてみせる。

「九〇年って、俺が逮捕された年だ」

何やったんだよ、と桑名が聞き、刃傷沙汰《にんじょうざた》、と香津実は答える。当時勤めていたスナックで、酔っぱらって痴話喧嘩して相手の男の腕を刺したのだった。「凶器」はカッターナイフだったが、けっこうな血が出たうえに、暴れて店の中をめちゃくちゃにしたので客に通報された——一晩泊まって帰されたが。

聞かれたら詳しく話したいような気分だったのだが、桑名と綾子は曖昧《あいまい》に笑っただけだった。もうふたりともかなり酔っぱらっていて、眠そうだ。そもそもふたりともたいていは、この店に来る前にしこたま飲んでいるわけだから。こいつら本当はさっさと家に帰りたいんじゃないのか。こんなところ来たくないんじゃないのかと香津実はふと考える。

「憧れのカウンターですよ」

アパレルの若い娘が言う。青年ともども、こちらはあまり酔っていない。この店にかぎったことなのかどうかはわからないが、若いやつほど小利口に酒を飲む傾向がある。

「アダルトな雰囲気で。カウンターに交ざれたら本物だって、いつも思ってたんです」

アダルト。本物。桑名と綾子がそれぞれに反応して、笑う。カウンターの皆さんはどういうご関係なんですか、と青年が聞く。

「愛人関係」

桑名が言い、

「どういう関係でもないのよ」

　と綾子が言った。

「たまたまここで会って、何となく一緒に飲むようになったの。お互いのこと、じつはあんまり知らないのよ」

「え、そうなんですか」

「俺は知りたいんだけど、教えてもらえないんだよ。とくにこのひと、秘密主義で」

「何言ってんのよ」

　そこでドアが開く。さっきと同じく、薄く開いたまま、その向こうに見える人影はなかなか入ってこようとしない。サムじゃない？　と綾子が言う。

「こんな時間に来るのはあいつだな」

　桑名も言う。

「サムって、もしかして、すっごいイケメンの人ですか」

　若い娘がはしゃいだ声を出した。

「そう、そう」

「すっごいっていうのは言い過ぎな気もするけどね」

　喋りながらみんなドアに注目しているが、それは開かない。結局、誰も入ってこないまま閉じてしまい、あれー？　という笑い混じりの声が上がる。

「案外サムだったりして」

香津実は言った。ふっと頭に浮かんだ考えを、とどめておくのがいやだからそのまま口に出してしまった。それはあるね。ある、ある。桑名と綾子が同意する。

サムの死を、自分は今日だけでなくこれからずっと明かさないつもりらしいことに、香津実は気づいた。なぜだろう？　なぜだかはわからないが、俺はごくごく利己主義な人間なのだから、そうするのは桑名たちのためではなく自分自身のためなのだろう。

「香津実さん、そのパンツ超カッコいいですね」

話題が変わったのでほっとする。でもあと何年も経ったら、九〇年の刃傷沙汰同様に、これもネタになるのかもしれない。サムのハガキや母親や遺影があったあの部屋のことや、サムがヘッドハンティングのことを言い出したのは、ちょうど母親の病気がわかった頃だということなんかを、面白おかしく話したい気分になったりすることもあるのかもしれない。

「カッコいいけどちょっときついのよ、俺のいちもつがでかすぎるせいでさ」

と香津実は言う。

ボトルシップ

花は薔薇《ばら》だった。

赤い薔薇、黄色い薔薇、ピンクの薔薇。合間をかすみ草が埋めている。一見して、ひどくセンスが悪い大きな花束。

その花束の向こうに男が立っていた。小柄なのでほとんど花束に隠れていて、のれんをくぐるようにひょいと顔を出した。

「植村《うえむら》さゆりさんですか」

「はい」

植村はさゆりの旧姓であり筆名でもある。面倒くさいことになりそうだと思いながらさゆりは頷《うなず》いた。さゆりは小説家なので、読者だという人間がいきなり訪ねてきたことがこれまでにもあった。

「僕は衣田《いだ》といいます」

男は三十代半ばくらいに見えた。さゆりより、少なくとも一廻りは年下だろう。細い顔、細い手足。顔立ちも、ベージュのジャケットにチノパンツという格好も、さっぱりしすぎているような印象だった。

「Hをご存じですよね」

衣田がそう言った瞬間、面倒な気持ちがさらにうんざりしたものになった。Hというのは知人だったが、いいかげんなことばかり言ったりやったりする男だったから、トラブルに巻き込まれる予感がしたのだ。

「この花はHからです」

衣田に花束を差し出され、だからさゆりは後ずさった。

「どういうことかわからないわ」

「遺言です。Hは死んだんです」

衣田は言った。


さゆりとHとは、小学校の一、二年生のときに、同じクラスだった。

Hは落ち着きがなく、始終授業のじゃまばかりしているような、いわばクラスの問題児だった。問題児というものには二種類あって、教師には叱《しか》られてもクラスメートには一目置かれているようなタイプと、教師にもクラスメートにも疎《うと》んじられるタイプがいるものだが、Hは断然後者だった。

二年生のときの席替えで、それがどういう差配によるものかは忘れてしまったが、さゆりはHと隣同士になったことがある。席替え後、しばらくして、「今の席に不満がある人」は手を挙げて申し出なさいと教師が言った。今思えば教師の目的は児童の不満を掬《すく》い上げることではなく、クラス内の人間関係を把握することだったのかもしれない（だとすればまったく間違った方法だとさゆりは思うけれども）。さゆりは手を挙げ「この席は、陽が当たりすぎて暑いです」と訴えた。身勝手な理由というほかないが、もちろんこれは言い訳で、Hがいやだったのだ。すると教師はわかりましたと答えて、Hとべつの男児の席を入れ替えた。これでいいですか、植村さん？　はい、いいですとさゆりは答えた。陽当たりには何の関係もない移動ではないかという声が、誰からも上がらなかったのは、まだみんな幼かったせいもあったのだろう。だが、さゆりは後々、あのときHはどんな気持ちがしただろうと思い返すことになった。

三年生に進級するとともに、Hとはべつのクラスになった。そうして、その後Hが転校したということを、さゆりは何となく知った。六年生の半ばでさゆりは世田谷《せたがや》から調布《ちょうふ》へ引っ越すことになり、中学からは調布の学校に通った。そこでHと再会した。Hの転校先は調布だったのだ。中学二年と三年、再び同じクラスになった。

Hはいわゆる不良グループの末端にいて、痛々しい道化という役回りになっていた。さゆりはおとなしい優等生というところだったから、同じクラスにいてもほとんど接点はなかった。ただ、小学校のときの記憶のせいで、接点のない相手の中では、視界に入ってくる存在でもあった。といって、とくべつな感情を持ったわけでもない。卒業するときにことさら言葉を交わしたりもしなかった。

次にHに会ったのは、それから二十年が経った後だった。さゆりが三十五歳のときだ。年齢をはっきり覚えているのには理由がある。その年、さゆりは癌《がん》の手術を受けたからだ。

退院後、三ヶ月ほど経った頃。転移を調べる定期的な検査のために、病院へ行った帰りのことだった。停留所でバスを待っていたら、よお植村と、まるで昨日も会ったような調子で声をかけられた。Hも病院の帰りだった。杖をついていた。バイクで事故を起こして、膝を傷めたのだと言った。

おまえ全然変わんねえな、遠くから立ってるの見ただけでわかったよとHは言ったが、Hも中学生の頃からほとんど変わっていなかった。容姿というより、ふらふらした雰囲気や、口から出る端から言葉がぺらりと風に飛ばされていくような感じが、おかしいくらいさゆりが覚えているままだった。そのことが容姿にあらわれた二十年分の歳月を眩《くら》ましていたのかもしれない。そうして、ふたりの関係性、向かい合ったときの感触や気分も、それこそぺらりとしているがなじみ深くもあるものが易々《やすやす》とよみがえってきた。二十年ぶりにHと出会ったのが、自分がこんな状況にいるときであり、しかも病院からの帰りであるということに、Hと自分との繫《つな》がりの奇妙さや不思議さを感じもしたのだった。

「亡くなったって、どうして?」

さゆりは衣田に聞いた。そのときふたりは、さゆりの家の近くの川岸にいた。

衣田の話を聞きたかったが、家に上げる気持ちにはならなかった。夫が家で仕事をしているからという理由で、さゆりは衣田を川のほうへ促《うなが》したのだったが、実際には夫がさゆりの客を疎んじることはなかっただろう。さゆりが衣田を家から遠ざけたのは、彼、あるいは彼がこれからするであろう話が、酸性の液体のように感じられたせいだった。

「病気です。肝炎で……」

川の向こう岸では建て売り住宅群が建設中だった。かつてはボーイスカウト会館があった場所で、鬱蒼《うっそう》と木々が囲んでいた広い敷地が売却されて開発されている。つまらない景色になったと思いながら、なぜかその前で足を止めている。

衣田はHの病気について短く説明した。急性肝炎が劇症化して、手の施《ほどこ》しようがなくなった、と。

「亡くなったのは九月五日です。昏睡状態になってから、一週間もちませんでした」

九月五日は十日前だった。

「あなたとH君とは、どういうご関係なんですか」

この男の前でH君という呼びかたをすることは適切なのだろうかと考えながらさゆりは聞いた。

「僕と彼とは同時期に入院していたんです。六人部屋でベッドが隣だったんですよ」

「ああ」

さゆりは曖昧に頷いた。衣田の病気のことをこちらから聞くべきではないと思ったし、聞きたくもないと思っていたが、衣田は熟練したような無雑作《むぞうさ》で、「癌だったんです」と言った。

さゆりは再び頷いた。今度は声も出さなかった。動揺し、そのことに腹を立てていた。どうして見も知らぬ人間から、こんな気持ちにさせられなければならないのか。初対面の、それも自分が一方的に関わりを求めている相手に、癌だったんですなどと打ち明けるのは、非常識と言っていいのではないか。

「植村さんのこと、病室でHから聞いたんです。Hの病気が悪くなる前でしたけど……」

さゆりの心中がわかったように、言い訳するような口調になって衣田は言った。

「Hと植村さんは、一度は恋人同士だったんでしょう?」

「まさか」

さゆりの口調は吐き捨てるようなものになった。ああ、やっぱりそういう話になっていたのだと思った。いかにもHが吐《つ》きそうな嘘だった。

「彼とは中学の同級生だったというだけです」

小学校の頃のことははしょってさゆりは言った。

「そうなんですね、やっぱり」

驚くかと思った衣田は、うすく笑って、あっさりと頷いた。

停留所へ通じる坂道を衣田は上っていき、さゆりは家へ戻った。門の前に夫の圭輔《けいすけ》が花束を抱えて突っ立っていた。呼び鈴が鳴った後さゆりは消えるし、花束は置いてあるしで、心配していたらしい。さゆりは衣田のこと、衣田から聞いたことを話した。

「H君、亡くなったのか」

圭輔がそう言ったのは、一度Hに会っているからだった。七、八年前にさゆりがある文学賞をもらったとき、中学の同級生がお祝いを兼ねたクラス会を開いてくれたときのことだ。会場となった居酒屋にさゆりが忘れてきたハンカチを、Hがわざわざ届けにきたのだった。あきらかにHの目的は、ハンカチを届けることではなく真っ赤なスポーツカー――フェアレディZだと圭輔に教えられた――を見せびらかすためだった。そのうえ、玄関先にいた五分そこそこの間に、いつものなれなれしさと嘘臭さをさゆりだけでなく圭輔にも存分に発揮したから、それはさゆりが、Hと自分との関わりについて夫に話す機会にもなっていた。

「私と恋仲だったとか、嘘を吐いてたらしいのよ」

「H君らしいな」

H君、という呼びかたは、夫婦の間ではどことなく苦笑を伴《ともな》ったものだった。

「それ、どうしよう」

まだ圭輔が持っている花束を指してさゆりは言った。圭輔は衣田よりもずっと背が高いので、色とりどりの薔薇は彼の胸元を飾っている。

「どうしようって、飾っておけばいいじゃん」

「そう?」

「ほかにどういう選択肢があるわけ」

圭輔が笑いながらそう言ったので、さゆりも仕方なく笑った。圭輔はさゆりのようには、この花束に屈託を持っていないのだろう。そうしてさゆり自身は、自分の屈託の正体をつかみきれていなかった。

結局、薔薇を色ごとに分けて、かすみ草とともに三つの花瓶に活けた。

そのせいで家の中の印象はがらりと変わった。時計を見ると午後三時過ぎだった。衣田があらわれたのは昼食の片付けが済んだ頃だった、とさゆりは思い返した。いつの間に時間が経ったのだろう？　ＳＦみたいに、衣田は何かの通路の役割を担っていて、知らぬ間に奇妙な世界に迷い込んだような気もした。

書斎に入れば花を見ないですんだが、花から目を離すことにも不安があって、さゆりはひとり――圭輔《はんすう》は自分の部屋へ戻ってしまったから――リビングのソファに掛けた。衣田との会話を反芻する。

もし俺が死んだら、小説家の植村さゆりに知らせに行ってくれよな。俺からだって言って、でっかい花束でも持って。Ｈはそう言ったんですよ。そのとき彼は、自分が死ぬなんて夢にも思っていなかったはずだから――僕はさっき、遺言だなんて言いましたけど、まあ戯《ざ》れ言《ごと》ですね。で、あなたと恋人だったというのも嘘だったわけですね。そうだと思ってはいましたけど。

だったらなぜいらしたんですか。さゆりは衣田に聞いた。わざわざこんなにたくさん、高価な花を買ってまで……。ヒマだったんですよ、と衣田は答えた。さゆりはちょっとムッとした顔になったのかもしれない。衣田は言い直した。癌の転移に怯《おび》える以外のことがしてみたかったんです。植村さんにも、この気持ちはわかるでしょう？

それで、さゆりがかつて癌を患ったことを、衣田が知っているというのがあきらかになった。Hは手術後の衣田を力づけるために、さゆりの名前を出したらしい。俺の知ってる女も君くらいの年に同じ病気だったけど、再発しなかったから十五年経った今もぴんぴんしていて、小説家になって本を何冊も出しているよと。そのついでに、俺とその女はちょっとの間いい感じだったんだ、とでも言ったのだろう。

実を言うと、と衣田は言った。植村さんのご本を、僕は読んだことはなかったんです。でもお名前は知っていたので、同じ病気だったと知って、会ってみたいと思ったんです。

衣田のその言葉について、気がつくとさゆりは長い間考えていた。同じ病気だった、という部分について。腹が立っているような気もしたが、その理由はよくわからなかった。さゆりが癌だったことをHが衣田に明かしたのはべつにいい。自分の病歴については、わざわざ公表しているということはないけれど、幾つかのエッセイで触れたし、インタビューでも口にしていたから。腹立ちではない。さゆりは自分にたしかめた。ただ、どうしようもなく落ち着かない気持ちがあった。

癌の手術から間もない十五年前、退院後に停留所でHにばったり会ったとき、本当のことをさゆりはHに明かさなかった。病院へは、胃の薬をもらいに行ったのだと言った。Hではない誰に会ってもそう言っただろうし、それが二十年ぶりに会う相手でも、昨日も会った相手でも同じだっただろう。手術によって病巣は取り除かれていたが、転移の心配はないと医師は断言しなかった。だからこそ、二週間に一度の検査に通っていたのだ。自分が陥《おちい》ったそういう状況について打ち明けて、同情されるのも憐《あわ》れまれるのも、気まずい顔をされるのもまっぴらだった。あの当時、癌はさゆりにとって汚点であり恥部であり、そしてもちろん、不安と恐怖のブラックホールだった。

その一方で、死ぬことはさしていやでもなかったのだ。さゆりは何となく宙を見つめる。あの頃はまだ独身だったが、恋愛も仕事も、何もかもうまくいかず、そこから抜け出すための努力も放棄《ほうき》して、親に寄生しながらどうにか日々をやり過ごしていた。死にたいとまでは思っていなかったが、生きたいとも思っていなかった。この世界に生きている人間の何パーセントかが、癌に見舞われなければならないのなら、こんな自分に「白羽の矢」がたったのは納得がいくことだと感じていた。あの頃のことを思い返すと、いつでもボトルシップが浮かんでくる。瓶の中に閉じ込められた船。どこへも行けない船。さゆりはそれに乗っている。ひとりだけで。心細さと、おなじ分量の安堵《あんど》があり、孤独とともに奇妙な特権意識があった。

停留所で会ってから数ヶ月後、Hから電話があった。癌のことは明かさなくても、実家で暮らしていることは明かしてしまっていたから、Hは中学の名簿を探すかどうかして、さゆりの家の電話番号を入手したのだろう。ちょうど家にさゆりひとりきりのときだった。植村、ああよかった、生きてたんだな、とHは開口一番言った。

夢を見たのだとHは言った。中学のときの夢。Hは教室にいる。当時のクラスメートも全員いる。でも、植村だけがいないんだ、とHは言った。机の上には、その席に座っている生徒の名札が貼ってある。植村さゆりの名札もある。でもその席に、植村は座ってないんだ、とHは言った。だから俺、なんかいやな予感がしてさ。でもよかった、元気なんだろ？　べつに何も起きてないよな？

ああ、とさゆりはそのとき嘆息《たんそく》したのだった。思わず洩《も》れた声だったが、その響きに心が揺らされた。苦笑交じりに、心配してくれてありがとう、と言って電話を切るつもりだったのに、それって予知夢だったのかもしれないよ、と言ってしまった。予知夢？　なんで？　聞き返すHの口調が、早々に怯《ひる》んだものだったことに、勢いがついた。そうだ、あのとき私は、そんなつまらない話をわざわざ電話で知らせてきたHに、はっきりと腹を立てていたのだ、とさゆりは思う。この前は黙っていたけど、私、癌の手術をしたのよ。Hに明かしたのはそのときだった。この前は、転移を調べる検査の帰りだったの。二週間に一度、調べているのよ。転移したらもう助からない。だから転移してるのかもね、H君がそういう夢を見たんだったら。

Hはおろおろし、慰《なぐさ》めや言い訳めいたことを言って電話を切った。次に彼に会うのはそれから十年後、クラス会の会場でのことになる。さゆりの癌は転移しなかった。五年無事なら癌は治癒したと見なされるから、さゆりは生き延びたことになる。そしてその十年の間に、仕事や私生活も少しずつたしかなものになっていったのだった。

クラス会で再会したとき、おめでとう、オマエすごいじゃん、とあいかわらずのなれなれしさでHは近づいてきたけれど、さゆりの病気については何も言わなかった。ようするに彼にとっては他人事《ひとごと》で、あっという間に忘れ果てたのだろうとさゆりは考えていた。だが、そうでもなかったわけだ。あるいは衣田の病気を知ったことで、思い出したのかもしれない。そういえばあいつ、生き延びたわけだなと。

そしてHは死んでしまった。そして衣田が——かつてのさゆりと同じ不安を抱えた男が——さゆりの元へ遣《つか》わされた。生き延びたさゆりの元へ。そのことをさゆりは考える。考えていると落ち着かなくなる。こんな状況をお膳立てしたHに腹を立てるのがいちばん簡単だと思うけれど、Hはもう死んでしまった。

「その夢はHの作り話ですよ」

衣田は言った。

「電話をかける口実だったんでしょうね。女にふられるかしたんじゃないかな。さびしくなって、植村さんを思い出したんですよ」

「でなければ、とてつもなくヒマだったとか……」

さゆりが言うと、「そうそう」と衣田は笑い返した。二人はこの日も河原にいた。衣田が、再び訪ねてきたのだ。前回から二週間が経っていた。夫は出かけていたが、今回も家には上げずに河原に来た。さゆりには衣田はきっとまた来るだろうという予感があったから、奇妙なほど自然にそういうことになった。

前回、足を止めた場所でやはり立ち止まっていた。午後一時過ぎという時間も同じだった。対岸の建て売り住宅群はほとんど完成しているように見え、工事のひとたちの姿もなかった。河原に面した各戸の裏庭に、葉がついていないひょろりとした木が一本ずつ植え込まれている。

その日は衣田から、彼が知るHのエピソードを幾つか聞いた。さゆりが停留所で会ったとき、Hはたしか「不動産鑑定士」の資格を取るために勉強中だと言っていて、次にクラス会で会ったときには「ネットオークション代行会社」を立ち上げたとか言っていた。衣田には「フリーランスの介護ヘルパー」だと自己紹介したらしく、ようするにそれは高齢の女性を専門にする出張ホスト、のようなものらしい。

そういう仕事を思いつく根拠となった自分のプレイボーイぶりをさかんに吹聴《ふいちょう》していたこと。同じ話を何度も繰り返し、その度に細部が違っているので、まったく真実味が感じられなかったこと。

あるいは、無断で度々病院を抜け出したこと。一夜明ければ帰ってくるが、その日一日、衣田は前夜のHの「冒険談」を聞かされる羽目になったこと。その冒険談には数多くの「ダチ」が登場するのだが、Hに見舞客が訪れたことは、危篤のときにやってきた姉のほかは、衣田が知るかぎり一度もなかったこと……。

さゆりはやはり笑ってしまった。不謹慎かもしれなかったが、まったくHらしい話だったから。衣田にはさゆりの気持ちがよくわかるようだった。衣田とHとのかかわりも、自分とHとのそれと同じ程度のものだったのだろうとさゆりは感じた。とすれば、Hを媒介《ばいかい》としてこうして衣田とかかわっているのは、奇妙なことに違いなかったけれど。

笑ったあと、何となく沈黙が訪れた。いったん会話が途切れてしまえば、何を話していいかわからなかったし、そもそもふたりでこうしていることの意味がわからなくなった。さゆりはふいに気まずくなって、立ち去るための言葉を探しはじめたが、そのとき衣田が、

「二週間、生き延びましたよ」

と言った。

「二週間前の血液検査の結果を、今日聞いてきたところなんです。異常はありませんでした。結果を聞いたあと、また血を採られますから、その結果を二週間後に聞きに行くことになります」

さゆりは頷いた。検査と結果を聞きに行くそのサイクルはさゆりもかつて経験したものだった。安堵し、再び宣告を待つサイクル。異常のない状態がずっと続けば、検査の間隔《かんかく》は広くなっていき、反比例して不安感は少なくなっていくが、その長い「生き延びられるかもしれない道」の端に衣田はまだ立ったばかりだ。

「二週間後に、また訪ねてきていいですか。検査結果を聞いたあとに」

さゆりはしばらく返事を迷っていた。

「お留守でも構いません。呼び鈴を押して応答がなかったら、ひとりで川を歩いて、帰ります。僕にとってはここまで来るのがジンクスみたいなものなんです」

「はい」

ジンクスであるということは推察していた。それでさゆりは頷いたのだが、結局それが、訪問を了解する返事になった。


そのあと、さゆりは二回、衣田に会った。

彼は約束した通りにぴったり二週間ごとにやってきたので、はじめて会ったときからひと月半ほどの関わりを持ったことになる。

あとの二回も、それまでの二回と同様だった。「この二週間も生き延びました」という衣田の報告を聞いたあとは、とくに話すこともなく川縁にふたり立ちつくしていた。Hの思い出話も、もうあまり出なかった。そもそもふたりともそれをふんだんに持っているわけでもないのだ。衣田の仕事や私生活については、最後まで話題にならなかった。自分が聞けば衣田は話すのだろうか、とさゆりは考えたこともあったけれど、結局聞かなかった。ようするに、わかっている以上のことは知りたくなかったのだ。衣田との関係はそういうものだった。「関係」を避けつつ何か不可思議な強制力の働きによって——それはさゆりに対してだけではなくて衣田にも作用しているように思えた——会っていた。

最後に会ったとき、衣田がふいに思いついたように「よかったら、握手してください」

と言った。さゆりが手を差し出すと、衣田はまるでそれがさゆりの提案であったかのように、ためらいがちに手を伸ばし、さっと握ってすぐに放した。一瞬と言っていい触れかただったが、その感触をさゆりはやはり酸のように感じた。衣田と握り合った掌《てのひら》が少しずつ何かに侵食されていくような気分が、そのあとずっと残っていた。

衣田とのことを、さゆりはすべて圭輔に話した。彼のジンクスのこと、二週間ごとの訪問を了解したこと。衣田のプロフィールについては外見と病気のこと以外にほとんど何も知らないこと、それが話題にもならないこと。求められて握手したことも話した。

圭輔は、「ふうん」と言った。そんな男とかかわるのはよせとも、逆に、ある種の善行とみなして奨励するようなことも言わなかった。

「ふうん」という以外の感慨を、夫は持ち得なかったのだろうとさゆりは思った。これは夫には理解できない領域なのだ。なぜなら夫は、運が悪ければ（というより、よほど幸運でなければ）数年のうちに死が予定されているような病気にかかったことはないからだ。それにさゆり自身、このことについては自分の気持ちがよくわからないのだから、どうして夫にわかるはずがあるだろう？

最後に会った日から二週間後の、来るはずの日に衣田があらわれず、さらに二週間経っても来なかったとき、この先もう衣田と会うことはないのだろう、とさゆりは理解した。

もちろん、衣田に何が起こったのかは知る由《よし》もない。検査の結果が悪かったのかもしれないが、たんに飽きただけということだって考えられる。自分のしていることの意味がわからなくなったのかもしれないし、あるいは逆に、意味を見つけたとたんに来る気がなくなったのかもしれない。

さゆりはそう考えることにした。そうして、衣田とHのことを心から締め出した。さほど難しいことでもなかった。少なくとも思い出さずにいられる日は続いた。そんなある日、夢を見た。

住宅街の中にさゆりはいる。薄闇の中を歩いている。明け方であるようだ。辺りはひっそりと静まり返っている。明かりは街灯がぽつぽつとついているだけで、家々の窓は黒く沈んでいる。どうやらここは川の対岸の、建て売り住宅群であるらしい。

さゆりは一軒一軒の表札をたしかめていく。探しているのは衣田の名前だ。さゆりはそこを出たいと思っているのだった。だが衣田が見つかるまでは、出られない。それで懸命に探している。夢にありがちなこととして、足元は雲を踏むようにふわふわしている。表札は見つかりそうで見つからない。「衣」という字がたしかに見えたと思ったのに、近づいてみるとまったくべつの名字だったり、真っ黒に塗りつぶされていたりする。

そうだ、こうしてしらみつぶしに探すよりも、全体を眺めればいいのだ。さゆりはそう考えて、宙に浮かぶ。そして住宅群を見下ろすと、その開発区全体が分厚いガラスの瓶の中に閉じ込められていて、表札の字はどれも歪《ゆが》んで判別できない——。

さゆりの携帯電話に、ある着信があったのは、その夢のことも思い出さなくなった頃だった。

圭輔と昼食を食べ、食後のお茶を飲んでいるところに呼び出し音が鳴った。ディスプレイに表示されているのはHの名前だった。驚いて応答してみると、Hでも衣田でもない、見も知らない男の声が、間違い電話をかけたことの詫びを言ってそそくさと切った。

「H君が使ってた電話を、誰かがそのまま使ってるんだろう」

圭輔がそう推察した。登録してあるべつの誰かにかけようとして、ボタンを押す指がずれたのかもしれない、と。

「H君の知り合いだとしたら、何か悪だくみがあってかけてきたのかもしれないけど……」

「オレオレ詐欺とか？」

「まあ、すぐに切ったんだから、そういうんじゃないだろう」

H君に悪いよな、と圭輔は言って少し笑った。それからお茶を飲み、さゆりを見た。

「今だから言うけど、俺は君が浮気をしてるとちょっと疑ってたんだ」

「いつの話? 誰と? H君と?」

さゆりは驚いて聞いた。

「いや……どうかな。花束を持ってきた男と、かな」

「かな、って何なの」

さゆりが笑うと、圭輔も笑った。

「そういえばあなた、一度も彼を見ていないわね」

「ああ、そうだね。だからかな……いや、やっぱりH君とかな」

「何言ってるのかわからないわ」

「まったくだな。いいんだ。言ってみただけなんだ。浮気だなんて、思ってない」

おかしなひとね、とさゆりは言った。そのときふっと夢のことを思い出し、その話をしてみようかと思った。あるいは、酸の感触のことを話してみたらどうだろう? だが結局はしなかった。「お茶もう少し飲む?」と聞いただけだった。

赤へ

それじゃあ僕が送っていきますよ、と庸太郎《ようたろう》は言った。ありがとう、お願いするわとミチが答えると、彼がびっくりしているのが電話でも伝わってきた。辞退されるとばかり思っていたのだろう。辞退されることを見越して、その気もないのに申し出たのに違いない。体裁は繕《つくろ》うが心はないのだ。娘が伴侶《はんりよ》に選んだのはそういう男なのだと、ミチはあらためて考えた。

朝一番でやってきた引越業者は、ものの一時間もかからずに作業を終えて、トラックを出発させた。引越先の高齢者向けマンションの部屋は、四十二年間暮らしてきた家の三分の一ほどの広さもないから、持っていけるものも少ししかなかった。ミチはダイニングの椅子に座って待っていた。木の家具は処分せず置いたままでいいと、買い主の不動産屋に言われている。家を取り壊すときにもろとも始末できるらしい。愛着のあるテーブルや椅子が、ブルドーザーですくい上げられ叩《たた》き壊される様を想像しても何ほどもなかった。人生には何だって起きるのだと、もう知っている。

車が駐車場に入ってきて、呼び鈴が一度だけ鳴ったが、ミチが立ち上がる前に庸太郎は勝手に入ってきた。鍵がかかっていなかったのだ。

「えらく蒸《む》しますね、今日は」

「梅雨だもの」

「午後には降るらしいけど」

「車だからね、なんだっていいわ」

会話はそんなはじまりかたになった。しかし、いったい何を喋《しゃべ》ればいいんだろうと思っていたのだから、上出来だとも言える。庸太郎はどんな顔であらわれるのだろうとも思っていたが、いたってふつうの顔をしていた。ふつうすぎる顔だ、とミチは思い、そういう男なのだとまた思った。

庸太郎が二階から降りてくる。断りもせずにさっき上がっていったのだった。上背のある太った男なので、古屋の階段がミシミシ音をたてる。ともに暮らしていたときも、始終聞いていた音だった。この男のせいで家の劣化が早まるだろう、とミチは思っていて、実際のところ、思っていたのとはべつの意味でその通りになったのかもしれない。

「ほとんどそのままなんですね」

降りてくると庸太郎はそう言った。

「変わりようがないもの」

ミチは言った。

「それとも、ある？　ふつうは模様替えとかなんかするものなの？」

「いや……」

庸太郎は虫を払うような手つきをした。これにも覚えがある。家具がほとんど運び出されてないという意味だったのだ、というようなことをぶつぶつと言った。

「惜しいですね、いい家なのに」

仕切り直しのように庸太郎はそう続けた。

「そう思うの？」

とミチは言った。庸太郎は黙っている。

「あなたが買ってくれればよかったのに」

そろそろ行きましょうか、というのが庸太郎の答えだった。ミチは立ち上がった。庸太郎に会うのは一年ぶりだった。深雪《みゆき》が死んでから一年が経ったということでもあった。

ミチが三十歳で産んだ一人娘である深雪は、三十五歳で庸太郎と結婚した。ほとんど同時に、ミチの夫であり深雪の父親だった重一《しげかず》が死んだ。二年前からがんを患っていて、彼の命の刻限を知ってふたりは結婚を急いだのだった。急いだ、などという言葉は、深雪が死んだあとで庸太郎の口から出たものだったが。

夫婦が深雪の実家でミチとともに暮らすことは、自然の成り行きとして決定した。ひとつには、夫の看病で当時ミチが心身ともに消耗《しょうもう》しきっていた、という理由があった。深雪の結婚も慰《なぐさ》めにはならず、むしろそのことでいっそう不安定になっていた。お母さんをひとりにしておけない、と娘から言われれば、ミチ自身もこの先この広い家にひとりぼっちで暮らすなんてとうてい無理だという気持ちになった。深雪は甘やかされ、甘えて育った娘だったということもある。ずっと庇護《ひご》してくれた父親を失うことになり、その後釜《あとがま》として見つけてきたのが庸太郎だった、というふうにもミチの目には見えた。建築家であり大学で教えてもいた重一が建てた家は、都心ではないが通勤には不便のない町にあり、何よりこんな家に住めることを庸太郎も喜んでいる、と深雪は言った。

庸太郎の意見をミチが直接聞くことはなかった。同居に関しても、ほかのことについても、すべて深雪からの又聞きだった。庸太郎が勤めている会計事務所で、深雪が秘書のアルバイトをはじめたことでふたりは知り合ったのだったが、結婚後、深雪はその仕事をやめてしまった。そういう慣例になっている、というのも庸太郎ではなく深雪から聞いたことだった。庸太郎が家でむっつりしていたというわけではない。どうでもいいことならそつなく喋った。感じが悪いわけでもなかった。ただ、面と向かい合っているときでも、彼の冗談らしきものに笑っているときでさえ、間に曇《くも》りガラスが一枚あるような印象があったが、義理の息子と暮らすというのはそういうものだろうとミチは考えることにしていた。

夫婦は相性だとミチは思う。自分と重一のそれはよかった。だからこそ、諍《いさか》いをしても修復することができたし、あのつらい看病にも耐えることができたのだ。深雪と庸太郎は、結婚するべきではなかったのだろう。何かがあってだめになったのではなく、最初から間違っていたのだ。庸太郎との間にあった曇りガラスが厚みを増して家の中のそこここに増えていくのと同時に、間違っていた、ということは逆にはっきりしていった。それでもまだミチは本当の意味では気づいてはいなかった。それまで通りに同じ家で暮らしていても、結婚した娘は自分のものではなくて庸太郎のものだ。今にして思えば、そんなふうに考えるべきではなかった。だがあのときは、その考えに従ってある種の知覚をあえて閉ざしていたのだった。

ある朝、庸太郎がミチの部屋のドアを叩いた。同居三年目の六月だった。深雪はもちろん庸太郎の出勤に合わせて起床するが、ミチはあえてゆっくり寝ていることにしていた。庸太郎と、というより、娘が彼といる場面にはなるべく居合わせたくないと、その頃には思うようになっていた。お義母《かあ》さん、すみません、起きてください、お義母さん。庸太郎の呼び声は取り乱しているようではなく、必要なことを知らせに来た、というふうだった。時計を見ると午前七時少し前で、何かが起きたのだということはわかったが、そのときミチはうんざりしただけだった。泣き叫んでいる深雪をなだめるとか、でなければ庸太郎が出勤していったあとで深雪の愚痴を聞くとか、思い浮かんだのはそういうことだったのだ。

浴室の血はほぼ洗い流されていた。あんな有様をお義母さんに見せるわけにはいかないと思ったからそうした、と庸太郎は説明した。血と一緒にお湯も抜かれた浴槽に深雪は仰《あお》向《む》けになり、体にはバスタオルが掛けられていた。カミソリで動脈を切った左手は頭の上に上げられていたが、ぐるぐるに巻きつけられたタオルにはもう血は滲《にじ》みだしていなかった。救急車のサイレンが聞こえてくると、それで深雪は目を覚ますような気がしたが、庸太郎はミチの心を読んだように、もうだめみたいです、と言った。

深雪がカミソリで手首を切ったのは午前四時前後だろうと医者が言った。言わずもがな、発見が早ければ助かったのだ。朝起きてからさらに数十分が経つまで庸太郎が気づかなかったのは、夫婦は寝室をべつにしていたからだった。もう一年以上前から、庸太郎は書斎に布団を敷いて寝ていたのだった。

少し戻るかたちで車は高速道路に乗り、西に向かって走り出した。

引越先へ行く前に、深雪の墓参りに寄ることになっている。ミチが提案して、庸太郎は承知した。霊園はマンションと同じ市内にある。それで選んだマンションでもある。深雪は重一と同じ墓に入った。そのことも、ほとんど協議することもなく、ごく自然に決まった感があった。

道は少し混んでいた。庸太郎はラジオをつけて渋滞情報を聞き、聞き終わるとほかの局に回して、若い男女のどうでもいいようなお喋りが流れてきたが、しばらくすると消してしまった。そのタイミングで「何か音楽でもかけますか」とミチに聞いた。ミチは助手席に座っている。

「おかしなものね、こんなふうにあなたと車に乗ってるなんて」

返事のかわりにミチはそう言った。庸太郎は黙っている。ごまかしたり話題を変えたりするのならともかく、黙殺する選択肢があるというのは、いい大人としてどうなのだとミチは思う。

「よく辛抱してくれたものよね」

勢いのままにミチは言い募《つの》った。庸太郎はちらりと横目でミチを見て、すぐに視線を前に戻した。と思ったら、

「で、疑惑は晴れたんですか」

いきなり、そう来た。戦略のようなものなのだろう。ミチは慌てる。

「もう時効よ」

それがいちばん適切な答えだと思った。疑惑が晴れたわけではない。だが今こうして、庸太郎の車の助手席に座っている。

「時効か」

庸太郎は吐き捨てるように繰り返して、あらためてラジオをつけた。弱々しい男の声の、薄ぼんやりした恋の歌が流れてくる。


その霊園へ庸太郎が来たのは四度目だった。

一度目は深雪との結婚が決まったとき。結婚してからは一度、義母も伴《ともな》って三人で墓参りに来た。翌年には、仕事を理由に庸太郎は付き合わなかった。三度目は一年前で、深雪の納骨に来た。ひどく気まずい一日だった。

駐車場から墓地までの間に小さな森があり、踏み固められた小道を、義母は先に立って歩いていく。しぼんだ林檎《りんご》みたいな印象の老女だが、今は森に棲《す》む小動物みたいにも見える。同居していた頃は、膝が痛いだの頭が重いだのと始終体の不調を訴えていたが、その訴え自体が生き物の旺盛《おうせい》な鳴き声みたいで、案外この女が三人の中でいちばんしぶといんじゃないかと思ったものだった。

なにが「時効」だ。義母の背中に向かって、庸太郎は声に出さず悪態を吐《つ》く。あんたにとっては、それですませられるようなことだったわけか？　妻に自殺されるのはそれだけでもとんでもないことなのに、そこにこの女のヒステリーが加わって、最悪な目に遭《あ》った。

どうして気づかなかったのかとまず聞かれ、寝室をべつにしていたことを明かすと、それにしても物音に気づかないのはへんだ、と言い出した。浴室の中で何が起きているのか、本当は知っていたのに気づかないふりをしていたんじゃないのかと言われ、果ては、手を下したのではないかというようなことまで言い出した。警察に相談に行こうと思ってるんだけどどう思う？　と。どうぞご自由にと答えてやったら、それきりになったが。

「あ」

義母が木の根に足を取られてよろけたので、庸太郎は思わず声を上げる。しかしどうにか倒れずにすんだ。何事もなかったように、振り返りもせず義母は歩いていく。

古く大きな墓が並ぶその墓地内で、ひときわ古くて堂々としているのが戸尾《とのお》家の墓だった。納骨のあと義母は何度か来たのだろうか、花入れの中でナデシコのような花が枯れている。

ここへ来るときにはいつもそうするように、庸太郎は水を汲みに行った。突っ立っているよりは何か作業をしているほうが時間が早く経つ。そうして戻ってきてみると、義母は義母で逆方向の水道から手桶《ておけ》を持って戻ってくるところだった。庸太郎の手桶を見て「あら」と声を出したが、じゃあそっちから使いましょうと言うこともなく、庸太郎などいないかのごとく墓掃除をはじめる。

これもいつものことで、手伝おうと思うが手を出すタイミングがわからず、結局庸太郎は突っ立っていた。ここへ来るのも今日で最後だからな、と考えてみる。それは慰めになるはずだったが、その一方で、本当にそれでいいのかという気分がふくらんできた。どうしてかはわからない。妻に自殺されると、それまでわかっていると思っていたいろんなことがあやふやになってくる。

どう思う？　それで、深雪に問いかけてみる。答えは聞こえなかった。まあ、あの世と現世とで交信するほど仲が良くはなかったからな、と庸太郎は思う。妻が死んだのはおまえのせいだと言われれば、そうなのかもしれない。義母には打ち明けていないが、あの夜、俺は深雪に、離婚を切り出していたのだから。

狂言のつもりだったのかもしれない、とも思う。何もなくて夜中に目を覚ませというのは無理だが、あの夜の自分の憔悴《しょうすい》ぶりを目の当たりにしているのだから、当然俺は自殺を警戒するはずだと、深雪は考えたのかもしれない。だが、俺は警戒しなかった。警戒するだけの愛情がもう残っていなかったのだ。別れたくてしかたがなかった。とうとうそれを深雪に伝えて、ある種の達成感とともに熟睡していた。もしも死ぬつもりがなくて死んだのだったら、ごめんな、と言うしかない。別れたいと思っていたが、死んでほしいなどと思っていなかった。本当だよ。庸太郎は再び交信を試みるが、天からの返事はやはりなかった。

霊園を出てから少し走って、最初に目についたファミリーレストランに入った。昼飯はどうするんですか、とうっかり聞いてしまったのだった。空腹になってもいたのだが、ちょうど昼時で混み合っている店内で向かい合って座ったとたんに、庸太郎は後悔した。この女と一緒のテーブルに着くことには、あの当時にじゅうぶんうんざりしていたのに。

「何食べる？」

それぞれにメニューを広げていると、義母が聞く。答える必要を感じなかったので庸太郎は黙っていた。

「やっぱり。とんかつだと思ってたわ」

注文をとったウェイトレスが立ち去っていくとすぐ、義母はそう言った。こういうところがいやなんだと庸太郎は思う。意味もなく距離を詰めてくるようなところが。

しかしそれきり会話は途絶《とだ》えて、運ばれてきた料理を二人黙々と食べた。それも同居していたときと同じだった。会話をするための努力を庸太郎もしていた時期があり、深雪と義母だけが喋っていた時期があり、やがて食卓には沈黙が訪れた。深雪が反応しなくなると、義母もさすがにどうでもいい話を喋り散らすことはしなくなった。

静かな、乳白色の霧に包み込まれたような食卓。それは庸太郎にとってはある種の安定だった。このままじゃまずいぞと思いながら、どうにかするための気力を霧に吸い取られていった。そしてある日はっと気づいて——そのきっかけは、深雪の後任のアルバイトの女性と酔った勢いで寝てしまったことだった。その女性とはその後しばらく付き合ったが、深雪があんなことになる前に別れていた——、いったい何だって俺はこんなところにいなくちゃならないんだと、食卓だけではない、あの家での生活の何もかもにもう金輪際《こんりんざい》がまんできないという気分に見舞われたのだった。

そうだ、俺のせいじゃない。

庸太郎はそう思い、今日、義母を送ってやることにしたのは、あらためてそう思うためだったのだということを思い出した。

深雪が自殺したのは俺が離婚を切り出したせいかもしれないが、俺が離婚を望んだのは、あの家にいることが苦痛以外の何ものでもなくなったせいだ。そしてそれは、俺と深雪の結婚生活に最初から義母が介在していたせいなのだ。一緒にこの家を出て行こうと、俺は深雪に言えなかった――言っても無駄だとわかっていたからだ。あの母娘関係は特殊だった。特殊だったのは、今、俺の目の前で鉄火丼をぱくついているこの女が、そういうふうに娘を育てたからだ。

会計は庸太郎がした。それが当然だというように背後で待っていた義母が、庸太郎のあとにあらためてレジに向かったので、何かと思っていると、レジ横にあったキーホルダーを買ったのだった。「ほら、かわいいでしょ」と見せられた。十五センチ大のピンクのうさぎのぬいぐるみが付いている。

庸太郎は肩をすくめてみせた。そして先に立って店を出たが、アプローチの端まで来たとき、何か物音が聞こえたんだがというふうに、ちょっと振り返った。義母は自動ドアをくぐったところで、キーホルダーをいじっている。店員が紙袋に入れてくれたのを、もう引っぱり出したらしい。うさぎの耳を撫でている。まるでガキだ。

しかしちょっと哀れな気持ちにもなった。ガキというか、老人なんだ。老人になると子供に返るとよく言うが、まさにそれなんだろう。夫が死んで、娘が死んで、孫もいなくて、ひとり暮らしをするには体力的にも精神的にも弱すぎて、建築家の夫が建てた趣味のいい一軒家を売り払い、見知らぬ他人の手を借りるべく高齢者向けケアつきマンションへ移ることになったのだ。それでちっぽけなぬいぐるみなんか買っている。ひとりになったら、深雪という名前をつけて話しかけたりするのかもしれない。

何かひと言くらい声をかけてやろうか。落とさないように、バッグに付けておいたほうがいいですよとでも。車のキーを出しながら庸太郎がそう思ったときだった。まだアプローチにいる義母の手の中の、うさぎの首に付いていた鈴がはずれて落ちた。鈴は駐車場のほうへ転がっていき、義母は慌てて追いかけた。鈴のことしか見えていないのはあきらかだった。白いバンが入ってくる。

「あぶない！」

と庸太郎は叫んだ。

一瞬、死ぬ、とミチは思ったのだが、実際には尻餅《しりもち》をついただけだった。

しかしバンの運転手は降りてくるし、店から人が出てくるしでちょっとした騒ぎになってしまった。「大丈夫です」と「ごめんなさい」を交互に、誰彼に百回くらいずつ言った気がする。ようやく車に乗ったときには、実際のところ轢《ひ》かれたみたいな気分になっていた。

「車じゃなくってあなたの声に驚いて転んだのよ」

庸太郎にあらためて何か言わなければと思い、そんなことを言ってしまった。また黙殺かと思いきや、「なんにせよ怪我がなくてよかったですよ」という答えがある。

「そうかしら」

「轢かれたかったんですか」

「轢かれて死んじゃったほうがよかったんじゃない？　あなたにとっては。もう疑われずにすむから」

「やっぱりまだ疑ってるんですか」

その科白《せりふ》を、庸太郎は笑いながら言う。死にそこなったせいで車内の空気はさっきよりは穏《おだ》やかになったみたいだ。あ、そうだと言って庸太郎は、左手で上着のポケットを探る。

「これのために死にかけたんだから、ちゃんと持ってないと」

正面を向いたまま左手だけが動いて、手渡されたのは鈴だった。集まってきた誰かに踏んづけられたのか、つぶれている。その鈴をのせているミチの左の掌《てのひら》の、親指の下に絆《ばん》創膏《そうこう》が貼ってある。尻餅をついたときに地面で擦《こす》ってほんの少し血が出ていたのを店員の女の子が目ざとく見つけて、手当てしてくれたのだった。水玉模様のポーチから取り出された絆創膏は、あの娘の私物だったのだろう、ミッキーマウスの模様がついている。

つぶれた鈴とミッキーマウスの絆創膏の取り合わせはまずかった。ミチは鈴を握った拳を唇に押し当てた。窓の外を眺め、ラジオから聞こえてくる音楽――ガチャガチャした外国の歌――に耳を澄ませた。涙が数滴こぼれたが、庸太郎には気づかれずにすんだ。

悲しみというのは質《たち》が悪い。思わぬところに潜《ひそ》んでいて、油断しているところをやられる。絆創膏を誰かに貼ってもらうのがミチは好きだった。包丁がすべったとか、バラの棘《とげ》を刺したとかで、指に小さな傷を作ると、家族を探す。夫にも深雪にも、その甘えは容認されていた。案外痛いんだよね、こういう傷は。はい、指出して。これでＯＫ。ほんの数分間の、どうということもないやりとり。傷口を覆《おお》って、指にぴったりと巻きついた絆創膏。そういうことが好きだった。だがもう、夫からも深雪からも、絆創膏を貼ってもらえない。マンション付属の医者だか看護師だかには頼みたいとは思わない。これからずっと、ひとりで舌打ちしながら貼ることになる。

「大丈夫ですか」

何かを察したのか庸太郎が声をかけてきた。

「なにが?」

とミチは返した。

もう疑ってないわよ。心の中では、そう言っている。本当を言えば最初から疑ってなどいなかった。庸太郎を責めている間は自分を責めずにすんだから、そうしていたにすぎない。

車は今、長閑《のどか》な田舎の道を走っていた。誰かが途中でそれまでの情熱を失ったみたいな庭があって、信号待ちをしているとき、伸びすぎたり咲きすぎたりしている植物が、助けを求めるように生垣から四方八方にはみ出しているのが見えた。

自分が手を打つべきだったのだ。家はじゅうぶん広かったのだし、二階にもうひとつキッチンを作ることだってできたのだ。そうしなさい、と言うべきだった。三度の食事の一回くらいは、夫婦ふたりきりで食べなさいと。週末は気を利かせて、何か自分だけの用事を作ってひとりで外出するべきだった。ふたりを外出させたってよかった。そうしないのは庸太郎の怠慢《たいまん》のせいで、自分にはどうしようもないと思っていたのだが、私をひとりにしておけない空気をせっせと製造していたのは私だったのだ、とミチは思う。あの当時――深雪がまだ生きていたとき、まだ取り返しがつくとき――だってそのことには気づいていた。本当はわかっていたのだ。私はひとりになるのがさびしくて、娘にしがみついていた。そのせいで、娘は身動きが取れなくなって死んだのだ。

そんなに悪くないマンションだ、と庸太郎は思った。

勝手なイメージで、陰気か、でなければいやらしく明るすぎるような建物を想像していたのだが、ごくふつうの低層マンションだった。ふつうすぎるというか、特徴がなさすぎるような気もしたが、高齢者向けということを知らなければ、その印象をネガティブに感じることもないのだろう。

自分の部屋へ行く前に、スタッフルームで諸々の手続きをする。レモンイエローのシャツとパンツを身につけた四十代半ばくらいの女性が――このユニフォームはいやらしく明るすぎるな、と庸太郎は思ったが――応対して、こういうところのスタッフは住人のプロフィールを必ずしも頭に入れているわけではないのか、それともこの女だけが把握していないのか、「息子さんですか？」と庸太郎に聞いた。「娘婿《むすめむこ》です」と答えると、「それはそれは」と微笑んだ。なにがそれはそれはなのか、きっと本人もわかっていないだろう。

引越荷物はもう部屋に運び込まれていて、事前の指示通りに配置されているはずだけれど、もし何か不都合とか移動の必要があったら知らせてください、と言われた。庸太郎は立ち去りそびれて、二階の義母の居室までついていった。

そうして、ついてこなければよかった、と思った。建物同様、悪くない部屋ではある。しかしさっきかすかに感じたネガティブな印象が、この部屋ではごまかしようもない。1DKの無味乾燥な部屋。どうしたって以前の家と比べてしまう。狭いというだけでなく、なにもかもが違う。

ダイニングには椅子が二脚運び込まれている。一脚はダイニングチェアで、もう一脚は義父の書斎にあったものだ。しかし食卓がないじゃないかと思っていると、義母が動いて、壁に仕込まれたテーブルを引っぱり出した。こうなっているわけなのよ。恥ずかしそうにそう言って、椅子に座った。疲れてもいるのだろう。お茶でも淹れましょうか、と庸太郎は言ったが、義母は首を振った。じつのところほっとした。

しかし庸太郎はまだ突っ立っていた。隣の部屋は和室で、義母の姿見が置いてある。ほかに家具は箪笥《たんす》がひとつ。これらを義母が選んだということ、また選べなかったものがあるということが、胸に堪《こた》えた。ちらりと義母を窺《うかが》う。たいていは相手もこちらを盗み見ていることが多かったが、今は放心したように、絆創膏を貼った左手を眺めている。この人はこれからここで生きていくのだ、と庸太郎は考える。生きていくしかない、残り時間はまだあるのだから。そしてそれは俺にもあって、この人よりも多い。

「なにか動かすものとか、運ぶものとか、ありますか」

義母は肩をすくめた。そんな必要がないのは見ればわかるでしょう、ということに違いないが、その仕草は自分を真似ているようでもあって、庸太郎は少し笑った。

「それじゃ、行きます。折を見てまた来ますよ」

義母はしばらくじっと庸太郎を見ていたが、結局「ええ、ありがと」と頷いた。

庸太郎は部屋を出た。

上がるときにはエレベーターに乗ったのだが、帰りは階段で降りた。コンコンコン、という自分の靴音が、マンションを出ても、車に乗り込んでもまだ追いかけてくるような気がした。

霊園まで戻ったところで、大粒の雨が降りはじめた。ちょうど今、墓参りに到着したばかりというような家族連れが、屋根を探してばたばたしている。老人から、母親の手に抱かれた赤ん坊までが揃《そろ》っている大所帯で、見られていることを意識しているかのようにみんな笑っている。中学生くらいの少女が手品のように開いたチェック柄の傘が、バックミラーに映った。

さっきの事故のことを、庸太郎はなぜか思い出した。

事故というほどでもない——車の手前で義母が転んだだけのことだ。だが、大きな音でクラクションが鳴り、瞬間、すさまじい恐怖が刃《やいば》のように胸を貫いたのだった。あれは死そのものに対する恐れではなかった。義母を失うことへの恐怖だった、と庸太郎は思い返す。

ひとりの女が死んだ。その責を分かち合う者を失う恐怖だ。

それなら俺は、さっき義母に約束したように、この先彼女を訪ねるだろうか。庸太郎はさらにそう考えた。訪ねることはないだろう――義母もわかっていたように。きっと彼女とはもう二度と会わないだろう。

高速道路に乗った。アクセルを踏み込む。行く手には赤があった。深雪が死んだ朝、目にした光景だ。浴槽の中の真っ赤な血。それはこの一年で次第に薄れていくようだったが、今また戻ってきていた。

そこへ向かって車は走る。義母から離れて、赤へ向かって進んでいく。

どこかの庭で

＊ブログ「M's Garden」より　～3月6日の庭～

ずうっと忙しくて、今日は久しぶりの一日オフ。休みの日にちゃんと休めるのってほとんど一ヶ月ぶりかも。

で、朝六時、家族がまだ寝静まっている時間に起き出したりしている私（笑）。うちには豆のままのコーヒー（やや高級品）と、粉のコーヒー（安物）とが常備されていて、たいていは時間がないし家族のコーヒータイムとも合わないことが多いので、粉でささっと淹《い》れてひとりさびしく飲んでから事務所に出勤するわけですが、今日はにやにやしながらゆっくりと豆を挽《ひ》いた。うちのグラインダーは電動じゃなくて、昔ながらのハンドルをがらがら回して挽くやつなんだけど、気持ちに余裕があるときは、だんぜん「人力」がいいですね。音とか、手に伝わってくる豆の抵抗（？）とか。

コーヒーを飲み終わったら、外がいい具合にあかるくなってきたので、庭に出た。数日前から東側の木陰のクリスマスローズが咲いてるっぽいなあーと思いつつ、見にいく余裕もなかったのでした。

行ってみたら、咲いてる、咲いてる。ていうかほぼ満開じゃないですかこれ。なんで勝手に咲いちゃうのよーと怒りながら（笑）、じっくり見ると、白や紫やレモン色に交じって、黒っぽいのも咲いてる。こんな色の苗、いつ植えたんだったかな。クリスマスローズの苗はお高いので、シーズンオフに安くなってたりするとつい買っちゃうから、どんどん増えて、自分で把握できてない。こぼれ種で増えてるのもあるみたいだし、交配とかもしてるのかも。

で、しばらく眺めたり、写真を撮ったりした後、もっとほかに変化はないかと、庭をうろうろする。さすがに球根の芽が出るにはまだ早いかなーっと思ってたら、枯れ葉だらけの地面の上に黄色いものがちらっと見えた。いやいや期待するな、きっと次女のヘア飾りか何かが落ちてるんだよと自分に言い聞かせ、近づいてみたらなんと！　咲いていました。これは去年はじめて植えてみたエランティス・シリシカだ！　お店ではこの覚えづらい名前で売られていたわけだけど、調べてみたらキバナセツブンソウの原種らしい。

それにしてもちっちゃい花だ……たしか十球入りのを買った記憶があるけど、全部咲いても目立たないなあ。まあ、こういう花が一輪でも咲くと、春が来た！　という気分にはなるけれど。うん、それでよしとしよう。かわいいしね。ちょっと、スーパーの刺身パックに添えられてるプラスチックの菊の花を思い出すけど（笑）。

家に入って本を読んでたら、ようやく家族たちが起き出してきたので、もう一回コーヒーを挽いて、本格的に朝食となった。わぁお母さん今日はずっとおうちにいられるの？　なんて次女が激烈に喜んでくれるのにほろりとしつつ、夫が焼いてくれたホットケーキをぱくつく。はあ、こういう日をもっと増やさないといけないな。自分のためにも、家族のためにも。

エランティス・シリシカ（キバナセツブンソウ）。

織恵《おりえ》はパソコンに記録した。

植物の名前はむずかしい。一文字ずつたしかめながら打ち込まなければならなかった。それから、それをコピー&ペーストして、グーグルで画像検索してみた。なるほど、群生すると可愛らしい。十球で地味だというなら、二十球植えてみようか。でもうちの庭なら十球でじゅうぶんかも。

二月に越してきた新築の一戸建てには、ごく狭いけれども庭と呼べるスペースがあって、織恵は生まれてはじめてガーデニングに興味を持ちはじめたのだった。そもそも何からはじめればいいのかとネットサーフィンしているうちに、「庭ブログ」を公開している人が少なからずいることを知った。個人の庭の写真は、園芸雑誌に載っているとうてい真似できそうもない庭よりも身近で、参考になる。

いくつかブックマークした庭ブログの中で、お気に入りになり、結局それればかり見るようになったのが「M's Garden」だった。ブログというのは人柄と知性があらわれるものだと織恵は思う。ほかのブログでは、みょうに乙女チックだったり気取っていたり、あるいは庭のことを書いているようでそのじつお金持ち自慢だったりで、うんざりするようなものも多いのだが、「M's Garden」の文章はこざっぱりとしていながら、更新が楽しみになる魅力があった。何より植栽のセンスがよかった――ナチュラルで、大げさすぎなくて。このブログで公開されている写真によって、織恵は自分が造りたい庭のイメージができあがったといえる。過去記事を辿《たど》ってみて知り得た範囲では、どうやら織恵と同じ四十代の女性で、子供はふたり、地方都市在住で、広大な庭のある一軒家に住んでいて、職種はわからないがフリーランスで忙しく働いているらしい。

「ママ、ヨーグルト飲んでいい？」

四月から小学生になるひとり息子の純《じゅん》が二階から降りてきたのをしおに、織恵はノートパソコンを閉じた。冷蔵庫からヨーグルトドリンクを出してやり、純がテレビゲームをはじめるのを眺めてから、洗濯物を干すために庭に出た。

物干し台があるポーチと並行した、細長い庭。高台の造成地なので陽当たりはいい。隣家との境にキンマサキが二本、反対側の境にアジサイが一本、これらは家を買ったときに、植えておきますかと不動産屋から言われて何も考えずに頷《うなず》いた結果だ。空いているスペースに、色とりどりのビオラとアリッサムが、これもセンスの欠片《かけら》もなく、純が通っていた幼稚園の花壇さながらに植えてある。庭造りをはじめた当初はまったく知識もなくて、そんなものだと思っていたのだ。これから少しずつ素敵な庭にしていこうと織恵は思う。

＊ブログ「M's Garden」より　～4月15日の庭～

仕事一段落。で、うきうきと庭に出ている。毎日何かしら咲いています。

ジューンベリーは大好きな木。この白い花のあとに生《な》る赤い実もかわいいんだよね。次女と小鳥たちが競争で収穫することになります。

チューリップって昔はきらいだったけど最近ちょっと好きになってきた。原種が出回るようになったからかな。黒いのはクイーンオブナイト。背の低い白いのはトルケスタニカ。オレンジのがバレリーナ。数年間は球根植えっぱなしでOKというのも気に入ってる点です。庭のあちこちに適当にばらまいたんだけど、なかなかいい景色になっている気がする。

チューリップに名前をつける、と次女が言い出す。ようするに品種名ではなくて、彼女のイメージで呼びたいらしい。源氏名みたいなものか（笑）。クイーンオブナイトは「魔《ま》子《こ》」で、トルケスタニカは「エンジェル」で、バレリーナは「お嬢さん」なんだって。魔子の「魔」は魔法の魔だよ、とか念を押された。そんな字、もう知っているのね。

そんなこんなで屈《かが》み込んでいる時間が長かったせいか、腰に来た。年だなあ。こういう成長は全然嬉しくない（笑）。けっこう痛くて料理する気にならず、晩ご飯はすきやきにしてごまかす。家族みんな喜んでたけど。

日曜日、夫の輝彦《てるひこ》が純を連れて近くのホームセンターへ行くというので、織恵も同行することにした。

ホームセンター内にかなり充実した園芸コーナーがあることを、チラシを見て知っていたからだ。ところが夫が行こうとしていたのはべつのホームセンターだったから、車の中で少し揉《も》めた。織恵が行きたいほうへの道は、休日にはいつも渋滞しているらしい。花はもうたくさん植わってるじゃないかと輝彦は言い、ビオラは一年草だからもうすぐ枯れちゃうのよ、と織恵は言った――実際には「もうすぐ」というほど早くは枯れないことは知っていたのだが。結局は、輝彦が折れてくれた。

ホームセンターに着くと、それぞれの買い物をして車に戻ってくることにして、二手に分かれた。夫は、子供部屋の壁にペンキを塗って、惑星とか宇宙船とかの絵を描きたいらしい。大学時代美術部だったことは知っているけれど、せっかくの新築の家の壁を早々に塗り替えなくてもいいでしょうというのが織恵の本音だ。でも、織恵には事後承諾でさっさと純に伝えてしまい、純は喜んでいるし、ここは折れるべきなのだろう。

駐車場に沿った広いスペースが園芸コーナーになっていた。子供のようにうきうきしている自分を可笑《おか》しく感じながら、織恵はゆっくりと巡った。しかし間もなく、スペースが広いばかりで品揃《しなぞろ》えは期待していたほどでもないことがわかってきた。売り場のほとんどは派手な花色の一年草で占められていて、宿根草やハーブ類は片隅に申し訳程度のコーナーが作られているだけだった。庭に根付いて毎年花を咲かせる宿根草で、ナチュラルガーデンを作りたいと織恵は思っていて、今では雑誌やネットで仕入れた知識で植物の名前もずいぶん覚えているのだが、ほしいと思う苗は見あたらなかった。

「M's Garden」に出てきたクイーンオブナイトやトルケスタニカやバレリーナも探してみたが、チューリップはそれこそどこの幼稚園の花壇にも植えられているような、赤や黄色やピンクのありふれたものしかなかった。それでもあきらめきれなくて、つぶさに見ながら何周目かを巡っていたら、夫と息子が買い物を済ませて園芸コーナーにやってきた。

「まだ何も買ってないの？」

大きなビニール袋をふたつ下げた輝彦に呆れた顔をされ、

「原種のチューリップがほしいんだけど、見つからないのよ」

と織恵はとっさに言ってしまった。原種のチューリップ？　見つからないなら聞けばいいじゃないか。止める間もなく輝彦は店員を呼び止めて、すると店員は心当たりがあるふうに歩き出したのだが、連れて行かれたのはやっぱりふつうのチューリップが並んでいる売り場だった。

「チューリップは、こちらに置いてあるだけになりますね」

「これじゃだめなの？」

輝彦は早く家に帰って作業にかかりたいのだろう。

「もうちょっと大人っぽい色がほしいの」

織恵は小さな声で答えたが、店員にも聞こえてしまったようだった。

「それでしたら、こちらの赤はいかがですか。こういうはっきりした色だと、お庭がしまって見えますよ」

それで結局、言われるままに赤と、純がほしがった黄色のチューリップを買うことになった。そのうえ家に戻ると「植えてやるよ」と輝彦が言うので——雑事を早く済ませて、子供部屋の壁に集中したかったからだろう——、何か対策を講じる間もなく、織恵の希望とは全然違う庭になってしまった。

「今度の日曜日、プランターを買いに行きたいんだけど……」

数日後の夜、織恵はとうとうそう言った。子供部屋の壁は完成したがまだペンキ臭くて、織恵のベッドで純が寝息を立てている。

「プランター？　庭があるのに、なんで？」

隣のベッドで輝彦が、いじっているスマートフォンから顔を上げずに聞く。

「この前買ったチューリップ、なんだか派手すぎるから、プランターに植え替えようと思って」

「この前植えたばっかりなのに？　なんで？　あの色が気に入って買ったんだろ？」

気に入ってなんてなかった、と織恵は言いたかったが、「植え替えるのは自分でやるから」と言うにとどめた。

「まあ、庭は君の管轄だから、好きにすればいいけど」

輝彦は面倒くさそうに言い、スマートフォンを充電器に繋《つな》ぐと、布団に体を沈めて眠る体勢になった。織恵に背中を向けようとして、ふと思い出したように向き直った。

「そういえば、パートってそろそろ探してるの？」

純も小学校に上がるし、家のローンを組んだこともあるしで、パートの仕事を探そうかなと織恵のほうから以前口にしたのだった。でも、今わざわざ輝彦がそれを聞くのは、もう少し有効に時間を使ったらどうなんだと、叱《しか》るというよりは馬鹿にするためであるように感じられた。

「探してるわよ……」

と織恵は、口の中だけで言い返した。

＊ブログ「M's Garden」より　～5月29日の庭～

今日、ゲラニウムの新しい苗をジューンベリーの根元に植えた。ワーグラーベピンクという品種。小さな花が三つほど咲いていて、ピンクというかオレンジというか、すごく微妙できれいな色。この系統は、花期が長いけど暑さにはあまり強くないらしい。私が住んでるところは夏が酷暑になるのでちょっと心配。でもこの色はきれいだな……ほしいな……と売り場で迷っていたら、「買おうよ」と夫が言った。

そのあと「大丈夫だよ」って付け足したから、ああこれは「願掛け」みたいなつもりなんだなってわかった。で、買うことにした。

じつは腰の痛みが半端なくなってきて病院へ行って検査したら、ちょっとまずい結果が出てしまい精密検査を受けることに。その結果が出るのが二週間後なのでした。精密検査でなんでもなかった、となる場合も多いらしいし、腰は痛いけどほかの症状はないし、何か実際、大丈夫な気はしている。もともと楽観的な性格っていうのもあるけど。私より夫のほうが動揺している（笑）。娘たちにはまだ伝えていない。

まあ、結果が出るまでうっとうしい日々であることはたしかだ。ゲラニウムちゃんがんばっておくれよ。


「あら、ゲラニウム」

ポーチに吊り下げられている鉢を見上げて、織恵は呟《つぶや》く。ブログでその名を知ってから検索したので、いろんな品種があることを知っている。これは垂《た》れるタイプで、ライム色の葉に青みがかったピンクの花が咲いている。

「お詳しいんですね」

近くにいた女性が応じた。三十代半ばくらいの華《はな》やかな感じの人だ。

「まだまだ、全然。詳しくなろうとしてるところなんです」

「それだけでもえらいわ。私、全然興味がなくて」

どう答えるべきなのか考えているうちに、女性は曖昧に微笑《ほほえ》んで向こうへ行ってしまった。これ以上かかわっても面白いことにはならないと判断されたのかもしれない。

女性はバーベキューコンロの近くの人の輪に入っていく。その中には輝彦もいて、女性を見て片手を挙げる。何か冗談も言ったらしく、笑い声が起きる。

強い日差しが照りつけていて、織恵はハンカチで首のうしろを拭《ぬぐ》う。今日は輝彦の同僚のマンションの屋上で、バーベキューパーティが催《もよお》されている。子供は主催者の家の小さな子が二人いるだけだが、それぞれ妻や夫を伴《ともな》って来ている。

屋上は共有部分だが、事前に届けを出せば個人的なパーティにも使えるのだそうだ。誰が世話をしているのか、花の鉢がいくつか置いてある。ゲラニウムのほかはどれもありふれた一年草の鉢だった。つまらない鉢、と織恵は思う。それに、つまらないパーティ、と。

輝彦がこちらを見ているので、織恵もコンロのそばに行った。この種の催しにはたまに参加するので、見知った顔はいくつかあるが、共通の話題などほとんどない。仲間内でしか通じないような笑い話に付き合うのも好きではない。そのうち、自分も何か話さなければならない空気になったので、五月から近所のベーカリーで働きはじめたことを言った。

素敵。ベーカリーって織恵さんにぴったりね。女性たちからそんな言葉が返ってくると、自分でも気に入っていたそのパートが、逆にまったく魅力のないものに思えてきた。

「パートのこと、あんまりぺらぺら喋るなよ」

輝彦がそう言ったのは、その日の夜だった。純はもう自分の部屋で眠っているから、夫婦だけの寝室で。

「どうして？」

「なんか、俺が甲斐性《かいしょう》ないみたいだからさ」

「だって、今日あそこにいた人たちの奥さん、みんな仕事を持ってたじゃない」

「仕事とパートは違うよ」

「意味がわからないわ」

「……そうだよな、わからないよな、ごめん」

輝彦は態度を変えて、織恵のベッドに入ってきた。抱き寄せられて、久しぶりに夫婦の営《いとな》みになるのかと思ったら、

「ちょっと、相談したいことがあるんだ」

と輝彦は言った。

＊ブログ「M's Garden」より　～9月5日の庭～
ブログを更新しないままずいぶん経ってしまいました。コメント欄で心配してくださっ

た方々、ありがとうございます。

じつは七月に手術を受けました。入院、約一ヶ月。家に戻ってきてからもしんどい日がずっと続いていて、仕事は当然休職、ブログも書く気になれませんでした。

事前に聞いていて覚悟はしていたんだけど、後遺症がひどくて。今も辛いんだけど、なんというか、最初の頃よりも慣れました。格闘する気力がすこーし出てきた感じ。

庭は、ひどい有様。私の入院中、夫も娘たちもそれなりに気にしてくれてはいたみたいなんだけど、まあぶっちゃけ庭どころじゃない事態だったので。伸び放題の雑草の下で、蒸《む》れて消滅した可愛い子ちゃんたち多数。退院してきたときに無事に咲いてたのはヘリオプシス・サマーナイトと、エキナセアたち。ていうかこの人たちは以前からほとんど雑草化してたからね。

そんな中、奇跡的に生き延びていたゲラニウム。葉っぱがふさふさ繁って、花数も増えてる。この場所を気に入ってくれたようです。願掛けの効果はなかったんですけど(笑)。もしかして私の幸運、ゲラニウムに吸い取られているのか⁉　いやいやそんなことはないでしょう。私を励ますために咲いてくれてるんだよね。長女は十六歳、次女は十歳、ついでに夫と連れ添って十八年。まだ死ぬわけにはいかんでしょう。いや死にませんからマジで。

不在にしていたわけでもないのに、織恵の庭も荒れている。五月、六月に買い足して植えた植物は、梅雨と夏の暑さでほとんど枯れた。ゲラニウムもネットショップで探して「暑さに強い」という品種を買ってみたのだが、あっという間に萎《しお》れてしまった。

思うような庭にちっともならなくて、手をかける気がなくなり、ますます荒れる。ビオラだけが徒長《とちょう》しながらまだぽつぽつ咲いていて、見苦しいし、ほかの植物を侵食したりもしているので、抜かなくちゃと思いながらそのままになっている。

「M's Garden」の主は、手術を受けたらしい。ということは検査の結果が悪かったのか。願掛けもあったし、病名などもはっきり書いていないということは、よくない病気なのかもしれない。ブログをずっと読んでいるとそういう事情もわかってしまうというわけだ——長い間更新されなかったから、何となく推察はしていたのだけれど。言ってみれば見ず知らずの他人であり、コメント欄に書き込みしたことすらないのに、微《かす》かにせよ自分が動揺しているのは奇妙なことだと織恵は思う。

卵を落としたインスタントラーメンをふたりぶん作って、織恵は二階に運んでいく。今日、純は学校を休んでいる。お腹が痛いというのだがずる休みであることはあきらかで、しかし宥《なだ》めたり叱ったりして登校させる気力が、織恵のほうになかった。

「お昼ごはんよ」

織恵の足音を聞いて急遽《きゆうきょ》ベッドに伏せったのだろうということがありありとわかる純は、「いらない」とか細い声を返すが、織恵が勉強机の椅子に座って食べはじめると、ごそごそと起きてきて器に手を伸ばした。

食べながら——実際のところ空腹だったらしく、いったん箸をつけると純は織恵よりよほど旺盛《おうせい》に食べた——ぽつぽつと話しはじめた。偏食気味なので給食のことを入学前から心配していたが、ずる休みの理由はやはりその辺りにあるようだった。先生がきらいだ、と純は言った。

「おかずを残すときは先生に言わなきゃいけないんだ。言わなかったら、怒られた」

「どうして言わなかったの？」

「ちゃんと食べたもん。キャベツの芯だけ残した。かたかったから。こんなのみんな食べないと思ったから、言わなかった」

織恵は頷き、息子の頭を撫でてやった。純の担任は、頑《かたく》なところがありそうな三十代の男性教師だった。ママ友たちが陰で彼を「体育会系」と呼んでいるのは、否定的な意味合いばかりではなさそうだったが……。

「キャベツの芯なんて、ママだって食べないわ」

そう言ってやると純がニッコリ笑ったのでほっとする。これで明日から学校へ行ってくれるといいんだけど。これ以上頭痛の種は増えてほしくない。

頭痛の種。こちらはそれしきのことなのだろうか。息子の部屋を出るとすぐ、夫のことが織恵の頭を占めた。輝彦は今勤めているIT関連の企業を辞めて、業務コンサルティングの会社を興《おこ》すことを考えていた。いや、今も考えている——何も住宅ローンを組んですぐのタイミングでそんな危ないことをしなくても、と織恵が反対意見を述べても、考えを変える気はなさそうだった。こうしたことは、まさにタイミングが大事なのだそうだ。ひとりではなく仲間もいる。ひとりは五月にバーベキューパーティを開いた家の主人で、もうひとりは女性。ほら、ポーチで織恵が喋ってた彼女だよ、と言われて、ああ、あの派手な、感じが悪い人かと織恵は思ったのだった。

＊ブログ「M's Garden」より　～12月16日の庭～

また、ずいぶん間が空いてしまいました。いちおう生きております。

とはいえ体調はかなり悪くて、週明けからまた入院。お正月は家で迎えたかったんだけど無理そうです。

お雑煮（うちは博多がルーツなので、トビウオの干物で出汁《だし》を取って、鰤《ぶり》を入れる）の作り方を長女に伝授しようとしたら、そんなの聞きたくないって泣かれた。いやべつに遺言のつもりはないから（笑）。

ただ今回のことで、人間が生きて、動いてるって奇跡みたいなことなんだな、と思うようになった。べつに負け惜しみじゃないけど、人間って細胞六十兆個でできてるんだよ。その全部が正常に活動している状態を健康体というわけで、そう考えるとなんか呆然としてきませんか。もっと言えば、その奇跡の状態の個体がそれぞれ泣いたり笑ったりあー仕事行きたくねーとか言ってるっていうのもすごくないですか。

写真の赤い実はピラカンサ。鏡餅とか飾るの面倒だったらこれを少し切って花瓶に生けるといいよ、と夫に言ったら、やっぱり泣きそうな顔をされた。

その喫茶店は羽鳥《はとり》さんの指定で、羽鳥さんのほうが先に来ていた。

羽鳥さんという名前は、輝彦との会話の中で知った。彼が一緒に起業しようとしている女性だからだ。織恵は夫には黙って会社に電話をかけて、彼女のデスクに取り次いでもらったのだった。

「こんにちは」

ラズベリー色の口紅を塗った厚ぼったい唇でニッコリ笑う羽鳥さんは、グラマーな体にぴったり沿う山吹《やまぶき》色のツイードのスーツを着ていて、爪には唇と同じ色のマニキュアを塗っていた。彼女に会うために精一杯のお洒落をしてきた織恵は、全然かなわない、と感じる。

「あの……」

「ええ大丈夫、今日奥さんにお目にかかること、市川《いちかわ》さんには何も言っていません。飲みものをお決めになったら？　ここはハーブティーが何種類もあるんですよ」

織恵はコーヒーを頼んだ。羽鳥さんの前には赤いハーブティーが運ばれてきた。美容にいいんですって、と羽鳥さんが説明する。まあ、気休めですけどね、と笑ってみせる。

「独立のこと、ご心配ですよね。もっと早くお目にかかってお話しするべきでしたわね」

「すみません……夫の説明だとよくわからなくて」

「大丈夫としか言わないんでしょう？　男の人ってそうですよね。リスクをちゃんと説明したほうが安心してもらえるってわからないのね」

それから約三十分、織恵は羽鳥さんの話を聞いた。短い時間で終わったのは、織恵がほとんど質問を挟まなかったからだった。といって織恵は、彼らの起業について理解したわけではなかった。話の内容はほとんど上の空で、羽鳥さんの赤い唇がさかんに伸びたり、縮まったりするのを眺めていた。話が終わる頃には、織恵が自分に会いに来た本当の理由が、羽鳥さんにも察せられたようだった。

＊ブログ「M's Garden」より　～3月5日の庭～
今年もクリスマスローズがきれいに咲いています。

エランティス・シリシカも花の数が少し増えた気がする。

薬を変えてもらったら痛みが少しマシになったので、駄々こねて家に戻ってきました。家はやっぱりいいですね。食べられなくても、家族が食べてるところを見てるだけでいい。

一年前は、来年こんなことになっているなんて、想像もしていなかった。花は毎年咲くのにね。来年の今頃は、たぶん私はもういない。そのことを、もう受け入れられるようになった。

花の写真を撮ったのは夫です。入院中、毎日のように庭の写真を撮って見せてくれます。やさしい夫。それに子供たち。ありがとうね。


「どうしたんだ、これ」

輝彦が驚いた声を出す。日曜日の朝。遅い朝食を取ったあと、庭を眺めている。

「どうしたって……咲いたのよ。春が来たから」

織恵は笑う。ふたりと同じテーブルで、純はまだホットケーキをぱくついている。

「去年もこんなに咲いてたっけ？」

この一週間でずいぶん咲いた。ウィークデーの朝の夫は庭を見る間もなく出勤していくから、今日まで気づかなかったのだろう。チューリップは原種が三種、ムスカリも三種、ハナニラやわすれな草も咲き出している。

「秋に球根を植えたり種をまいたりしたのよ」

「織恵が？　ひとりで？」

「もちろん。苗もたくさん植えたのよ」

あれがサルビア、あっちがエキナセア、向こうのがヘメロカリス……と、織恵はまだ花が咲いていない植物を指さした。

「よくそんなに名前を覚えたな」

「ネットで勉強したから」

「僕も植えるの手伝ったよ」

「勉強」という言葉に反応したのか、純が口を挟んだ。たしかに、わすれな草の芥子粒《けしつぶ》のような種は純が庭の好きな場所にばらまくのにまかせた。

「純、自転車の練習するんだろう」

庭の話はもう十分だと思ったのか、輝彦は息子を促す。

「うん、する」

慌てて食べ終えた息子を連れて、家を出ようとした輝彦がふと振り返り、

「そういえば来月のバーベキュー来るだろ？」

と織恵に聞いた。

「行きたいわ」

夫と息子を送り出したあと、玄関にしばらく織恵は立っている。子供用の自転車がポーチの段差を越えるときのチリンというベルの音、純のはしゃいだ声を聞き取って、自分が今、満足していることをたしかめる。

輝彦たちの独立の話は立ち消えになった。いろいろ理由はあったのだろうが、そのひとつは羽鳥さんが抜けたからだった。付き合っている男がドイツに行くことになって、ついていくことにしたらしいんだ。勝手だよなというニュアンスで輝彦は織恵に報告したが、どこかほっとしているようなところもあった。羽鳥さんのその決断は、あの日私が彼女を訪ねたことと少しは関係あるのだろうかと織恵は考えたが、もちろん輝彦には何も言わな

かった。夫と彼女の間のことが、自分の思い過ごしであったのかどうかは、だからわからないままだ。もうたしかめなくてもいい、と思っている。

テーブルの上を片付けると、織恵はノートパソコンを開いた。さっき「ネットで勉強したのよ」と口にしたときに、すうっと心を横切るものがあった。久しぶりに「M's Garden」のブックマークをクリックする。

ブログはやはり更新されていなかった。約ひと月前の、三月五日の記事で止まっている。何度も読み返しているので、「ありがとうね」で終わる文章を、ほぼ暗記してしまった。

再び、心がすうっとしたが、それを悲しみだとは思わなかった。そう思いたくはなかった。どこかに、この庭がある。どこかに、この庭があった。織恵はただそう考えた。

十三人目の行方不明者

白い馬の首の向こうに、赤いワンピースのあゆみが見えた。そのときすでに護《まもる》には、ある予感があった。

護はカウボーイハットにフリンジ付きのシャツ、先の尖《とが》ったブーツを履《は》いて、馬に乗っているのではなく曳《ひ》いていた。馬上にいるのは二十七、八の、都会的な女性だった。同じ年恰好《としかっこう》の女ふたりとともに「乗馬体験コーナー」にやってきて、ジャンケンで負けたから彼女が一番乗りになった。牧草地に沿った小径《こみち》をぐるりと回って戻ったら、あとのふたりをひとりずつ乗せなければならない。

しかし戻ると、馬上の女が漏《も》らした感想にけたたましい笑い声が起きて、ふたりはそれぞれ馬にまたがった写真を一枚ずつ撮るだけでいい、ということになった。まるで自分が笑われているような気分で——実際のところそうだったのかもしれないが——彼女たちのスマートフォンで写真を撮ってやったあと、もう待っている客はいなかったから、護は急いで事務所へ向かった。

あゆみは中に入らず建物の前に立っていた。関係ができ、そのことをこの辺りのほとんどの者が周知するところとなっても、不用意に馴れ馴れしくなったりはしない女だった。入れば？　と護が言うと、首を振った。すぐ戻るから、と。

「おかしな話を聞いたのよ」

声を潜《ひそ》めて言う。聞こえるはずもないのだが、事務所の中にいる護の妹の耳を気にしてもいるようだ。

「町で勇介《ゆうすけ》を見たひとがいるって」

「なんだ、それ」

というのはまったく胸に浮かんだ通りの言葉だったが、ああやっぱり、とも思っていた。ああやっぱり、さっきの予感はこういうことだったんだ、と。

「誰が言ったんだ。誰が見たんだ」

「圭太《けいた》さんが見たって。あと吉田《よしだ》さんとこのおじいさんも。キングで打ってたって」

キングというのはパチンコ屋のことだ。

「キングで打ってて、こっちには来ないっていうのはへんだろう」

「でも勇介だから」

ありえる。護もそう思う。だが易々《やすやす》と納得するわけにはいかない。この六年間、死んだことになっていた男なのに。

あゆみは回答を求めるように、上目遣いで護を見た。体を守るように腕を組んでいるが、そのせいで豊満なバストがよけいに盛り上がっていて、これは俺のものだ、という思いがこみ上げてくる。

「心配するな」

結局、護はそう言った。そう言って欲しいのは誰よりも自分だ、ということをじゅうぶんに自覚しながら。

翌日は雨だった。

昼過ぎには豪雨と言っていい降りかたになった。土曜日だったが、客はひとりも来ないだろう。六年前みたいな雨だ、と護は思った。あのときも最初は客の心配だけしていた――祖父の代からの牧場に、いくつかのアトラクションを付け加えて観光地化したのがあの年だった――のだが、そのうち近くの川の堤防が決壊し、大洪水が起きて集落の半分が水没したのだ。

牧場は山の中腹にあるから被害は受けなかった。三家族が下から避難してきて、彼らと一緒にテレビのニュースで被害状況を追った。行方不明者十二人というのが最初の報道だった。水は翌々日までに完全に引き、そのときには、十二人全員の無事が確認されていた。しかしさらに数日が経って、行方不明者がひとりいる、ということになり、それが勇介だった。

　勇介の実家であるコンビニエンスストアも水没したのだが、水が来る前に家族全員が小学校に避難していた。「勇介、そっちに行ってる？」という電話があゆみから護のもとにかかってきたのは、その避難所からだった。勇介はまだ洪水が起きる前、川の様子を見てくると言って家を出たらしい。

　はじめは誰も心配しなかった。勇介という男は、洪水とは無関係にそれまでも始終ふらふらいなくなっていたからだ。水浸しになった店の後片付けをするのがいやで、全部片付くまで町の女の部屋にでもいるのだろうと、たぶんあゆみも思っていたはずだ。ところがひと月経ってもふた月経っても戻ってこなくて、携帯電話も通じずメールや手紙の連絡もないまま、六年という月日が経っていた。

「兄さん、あたし美容院に行ってきていい？」

　事務所のドアが開き、妹の祥子《しょうこ》が顔を出した。おう、ゆっくり行ってこい。護がそう答えても、まだ戸口に突っ立っている。

「今日はもう誰も来ないよ。俺はずっといるから」

「もうじき七年だったのにね」

思いがけない言葉が妹の口からこぼれでる。え？　と護は聞き返した。

「行方不明になってから七年経てば、死んだってことにしていいらしいよ。離婚もできるって」

「なんで」

なんでそんなことを言うんだ、という意味で護は言った。

「おまえも見たのか？　町で？」

祥子は首を振った。

「……終わったらすぐ帰ってこいよ。また川が溢《あふ》れるかもしれないから」

見たと言われたようなものだなと思いながら、護はべつのことを言った。

「大丈夫、夕方には止むって。めったにならないわよ、あんなことには」

と祥子は答えて、ドアを閉めた。

からりと晴れ上がった空を、護はぼんやりと見上げる。

少し先で母親が、濡《ぬ》れたベンチを雑巾で拭《ぬぐ》っている。家族だけでやっている牧場だ。場内を一般客に開放することに最後まで抵抗していた父親が三年前に死んでから、働き手は減ったが日々の仕事はやりやすくなった。

乗馬体験のコースはぬかるみがひどい。どうしようかなと考えながら厩舎《きゅうしゃ》へ戻ると、そこに勇介が立っていた。

「ヤッホー」

と得意げに片手を挙げる。午前八時。早晩会うだろうとは思っていたが、こんなに早いとは思わなかった。どういう反応をしていいかわからず、「よう」と護も片手を挙げた。

「なんだよ、びっくりしないの？」

まったく六年前の勇介のままだった。太っても痩《や》せてもいない、老《ふ》けてもいない。身長が低く細身で、シャツにパーカにデニムという格好なのでぱっと見は小学生みたいで、だが顔には相応の皺《しわ》と彼なりの経験値みたいなものが刻まれていて、それがニタニタ笑いながら、護を見ている。

「いや、なんか、いろいろ聞いてたからさ、目撃情報を」

「俺はツチノコかっての」

勇介は両手を大きく広げた。なんのことやらわからず突っ立っていると、がばっと抱きしめられた。仕方なく抱き返すと、幼馴染《おさななじみ》の薄い肩の向こうに、並んでこちらを窺《うかが》っている妹と母親が見えた。

「なんか俺、死んだことになってたんだって？」

体を離すと、あいかわらずニタニタしながら勇介は言った。

「うん、まあ……。いや、でも、死体が見つからなかったし……」

護はぶつぶつ答えた。

「なんだよ、あんまり嬉しくないみたいだな。朝イチで来たのに。感動の再会を期待してさ」

「いや、嬉しいよ。嬉しいけどさ。……ていうかおまえ、どこにいたんだよ、六年間」

「それはまあいろいろあってさ。長い話だから、おいおい話すよ」

話す気はないのだ。おいおい話しもしないのだろう。あるいは適当な嘘を思いつくたびに、ほんの少しの事実を混ぜてその場その場で喋《しゃべ》るのだろう。これまでと同じだ。こいつにとっては一週間も六年間も同じなんだ。

勇介はわざとらしい伸びをして、厩舎のほうを振り返り、顔を戻すと無遠慮な視線で護を眺めた。薄汚れた作業着姿ではあったが、営業用の服ではなかったのは幸いだったと護は思う。

「調子よさそうじゃん、おまえんとこも」

いかにも口先だけで勇介は言う。

「家には帰ったのか」

聞きたくないことだったが護は聞いた。当たり前じゃん、と勇介は笑う。

「まあちょっと心配かけすぎたからな。たいへんだったよ。飛びつかれちまって」

ほら、と勇介はパーカの袖をまくって、左手首を見せた。薄く血が滲《にじ》んだ、引っ掻《か》き傷のようなものがある。あゆみの腕時計の金具でさ、と勇介は嬉しそうに説明した。

その時計って金の鎖と細い革紐が二重になったやつだろ、と護は心の中で言った。俺がプレゼントした時計だよ、とはもちろん口に出さなかった。


一日よく晴れたが、客は通常の九月の日曜日よりもかなり少なかった。

年々少なくなっていくように思える。それまでは地元の人間にしか認識されていなかった町名が、六年前の洪水で全国的に有名になってしまったことは関係あるのか、ないのか。そんなことを考えながら護はカウボーイのコスチュームを脱ぎ捨てて、私服のシャツとチノパンツに着替えた。

普段はほとんど見ない鏡を今日は見る。三十六歳。あゆみよりは六歳上だが、勇介とは同い年だ。身長は彼より十数センチ高い。牧場の仕事は観光メインになったとしても肉体労働だから、それなりの筋肉がついている。禿《は》げない家系なので髪はまだふんだんにあるが、おそらくは毎日紫外線に晒《さら》されながら働いているせいで、目の縁《ふち》にすでに深い皺が二本ある。それが今日はいつもより目立つ気がする。

七時少し前だった。場内の一角にある自宅にさっき戻ったら、今日は夕食はいるのかと母親から聞かれた。いつもの日曜なら、そんなことは聞かれない。月曜日を休日と決めているので、日曜の夜は町であゆみと待ち合わせして、食事するのが習慣になっているからだ。いらないよ、と、だから護は母親に答えた。だが、実際のところどうなるのか。あゆみは来るのか。一昨日牧場にあらわれて以来、電話もメールもない。護のほうからも連絡していないのだが、こういう場合はあゆみが動くべきだろう。それがないということは、今日の待ち合わせにはいつものように来ると思っていいのか。

日常があっけなく「勇介以後」になってしまったことを護は感じた。その実感に抗《あらが》うように、町へ行くバスに乗り込んだ。何人かの顔見知りがいて、会釈《えしゃく》をしたり短く世間話をしたりするが、勇介の話題は出ない。しかし逆に、母親同様全員がすでに何もかも知っているような気がする。

町というのは温泉街で、古い旅館に交じって観光ホテルが一軒だけあり、そこのロビーがあゆみとの待ち合わせ場所だった。いつもなら仕事を早上がりして洒落《しゃれ》た私服に着替えたあゆみが、深緑色のモケット張りのソファに先に座って、雑誌を読みながら待っているはずだった。しかし今日、ロビーには初老のカップルがひと組座っているだけだった。彼らから少し離れたソファに護は座った。向日葵《ひまわり》みたいな花模様のネクタイを締めたフロントの男が、こちらを盗み見ているのがわかった。

その場所に護は三十分近くいた。それから同じホテル内のレストランでビールとピザの軽い食事をし、最上階のバーに移動した。いつものあゆみとのコースのままだ。

いつもたいていそうであるように、バーにほかの客はいなかった。地元の人間にも泊まり客にも、その存在をあまり知られていないような店で、だからこそあゆみと肩を寄せ合って飲むのに具合がよかった。顔なじみのバーテンダーが、今夜あゆみがいない理由を聞かないだけのプロ意識があるらしいのはありがたかった。ワイルドターキーのロックを、ここではいつもゆっくり飲む。酒は強いほうだが、あまり酔わないようにする。だが今日はぐでんぐでんになってもいいわけだ、このあとホテル――このホテルではなく、町のはずれのラブホテルだ――へ行ってあゆみと抱き合うという予定はないんだから、と護は思い、グラスの中身を一気に呷《あお》った。

バーにあゆみがあらわれたのは午後九時過ぎ、三杯目を飲んでいるときだった。護は思わず腰を浮かしたが、入ってきたのはあゆみだけではなかった。勇介も一緒だった。

「いたいた。ほんとにいたよ」

口を利《き》いたのは勇介が最初だった。朝のパーカのかわりに派手な刺繍《ししゅう》の入ったスタジアムジャンパーを羽織《はお》っている。

「最近はこういうところで飲むようになったんだって？　俺がいない間に大人になったじゃん」

護はあゆみを見た。つまり彼女が勇介をここに連れてきたのか。あゆみは怒ったような顔で護を見返してきた。トレンチコートの下は先日の赤いワンピース。真新しい服だ、ということに今更護は気がついた。もしかしたら、勇介が戻ってくることを知ったから買ったのではないのか。

勇介が護の隣のスツールに掛けると、その隣にあゆみは掛けた。当然のようにそういう並び順になることに、心がキリキリと締めつけられる。

「俺はコークハイ。えーとこっちは」

ビール、とあゆみは言った。俺と一緒のときにはいつでも白ワインなのに。酒が揃《そろ》い、かんぱーいと突き出されたグラスに、ほかにどうしようもなく自分のグラスを合わせる。あゆみは黙ったままビールに口をつけている。

「フェンダー売っ払っちまったんだって？」

「いきなりその話かよ」

呆れて、護は少し笑った。笑うしかない。あくまで六年間の失踪などなかったことのようにふるまう勇介という男に。

「その話がしたくて探してたんだもんよ。なあ、またやろうぜ、バンド」

「いいよ、俺はもう」

「メンバー全員やる気になってるんだぜ。護は俺が引き入れるって、圭太たちに約束しちまったんだよ」

「会ったのか、圭太や淳《あつし》に」

「おう、会った会った。おまえよりずーっと喜んでくれたよ」

「ていうか勇介さ」

こんなのはおかしい、という思いが抑えられなくなり、護は遮《さえぎ》った。

「なにやってたわけ？　六年間も。心配かけたって気持ちはないのかよ？　あんな大洪水の日に行方をくらましたらどうなるか想像しなかったのか？　消防団の人たち、おまえひとりを何日も捜したんだぞ。俺も圭太も淳も捜した。あゆみさんがどんな気持ちだったと思うよ？　六年間電話一本ハガキ一枚よこさないってなんなんだよ？」

言い募《つの》るほどに語気が強くなっていくのは、疚《やま》しさをごまかすためかもしれなかった。

あゆみのことを「あゆみさん」と言ったときに、口元を拭いたくなるような違和感がある。

「あゆみ、今の聞いたか?」

勇介は妻のほうに向き直った。そう——まだ妻なのだ。離婚の手続きをしようにも勇介はいなかったから。「失踪から七年経てば」というのはもちろん妹に言われるまでもなく知っていた。言われるまでもなく、あと一年だったのだ。

あゆみは無表情だった。バーに入ってきてから一言も口を利いていない。勇介はそれをおかしいとは思っていないのか。おかしいと思っているから、俺に対してこういう態度なのか。

「今みたいな言葉を、俺聞きたかったんだよ。こういうこと言ってくれるやつはなかなかいないよ。ありがとうな護」

勇介が抱きついてきた。もう抱き返す気にはならず、手をだらりとさせたまま勇介の肩越しに護はあゆみを見る。あゆみは一瞬、叫び出しそうな表情になってから、目をそらした。

「俺さ、この六年、あゆみをべつとすれば誰よりも護に会いたかったよ。マジで。俺が戻ってきたのはあゆみと、それからおまえのためだよ」

勇介は泣きはじめた。そら涙で、護のシャツをじっとりと濡らしながら。

バンドというのは同い年の男四人で、中学のときに結成したのだった。護の家の古い納屋を練習場にして、高校の半ばぐらいまでは熱中していた。それぞれ家業を継いだり町へ働きに出たりするようになってからは活動は間遠になって、たまに祭や懇親会の余興で演奏する機会はあったが、そのうちギターに触れることもなくなっていた。物置きで埃《ほこり》をかぶっていたギターを護がオークションで売ったのは、洪水の一年ほど後のことだった。

勇介のパートはサイドギターとヴォーカルで、楽器の腕はともかくとして、あきらかにミック・ジャガーを意識しているパフォーマンスにはそこそこの雰囲気があった。中学のときはメンバー全員まだ子供だったから、まずはいちばん近い都市であるM市進出を目標として、それが果たせたら東京へ行こう、金が貯まったらロンドンにも行こうと、埒《らち》もない夢を語り合っていた。行けたのはM市までだった。高校の先輩のツテで、ちっぽけなライブハウスで二回演奏させてもらったのだ。勇介だけが東京へ行った。二十代の半ばのことで、父親の監督下でコンビニ業に従事する日々が嫌になったのだろうという噂がもっぱらだったが、本人は「音楽の仕事のあてがある」と言っていた。音楽どころか本当に東京へ行ったのかどうかすらあやしいと護は考えていたが、そっちはある程度本当だったに違いない。なぜならその数年後、東京の女を連れて戻ってきたからだ。それがあゆみだった。

披露宴には護も出席した。後《のち》の待ち合わせ用のホテルが、式場だった。余興として久しぶりに演奏しようか、という話が出たが、勇介が乗り気にならなかった。今更恥ずかしいよとか、親父たちには喜ばれないとか言っていたが、ようするに勇介にはもう音楽もバンドも必要なくなったんだな、と護は思ったものだった。なぜなら勇介は、あんな女を手に入れたのだから、と。

ウェディングドレスはきっと勇介が選んだのだろう。襟が大きくくれていて、白くてむっちりした胸元があらわになっていた。ものすごい美人というわけではないが、見ていると幸福になるような顔の女だ、と護は思った。でも勇介にいかれるような女だからな、とも考えてみたが、そう考えること自体が、自分があゆみにいかれた証拠だった。そのとき付き合っていた女がいたが、間もなく別れてしまったのは、あゆみと比べてしまったせいに違いなかった。

護がはじめてあゆみに触れたのは、彼らの結婚から約一年が経った頃だった。

それまでにも何度かあったように、勇介がそっちに行っていないかという電話が午前中にあり、午後遅くなってあゆみが牧場を訪ねてきた。護は知らなかったのだが、その時点で五日間勇介は家を空けていたらしい。生理が遅れていることを伝えたらそれだけで大騒ぎして、シャンパンを買ってくると言って家を出てそれきり戻ってこないのだとあゆみは言った。

「事故とかじゃないよね？」

と見上げるあゆみは、「事故かもしれない」と護に言ってほしがっているように見えた。事故じゃないと思う、と護は言った。

「護さん、本当に何も知らない？　彼からあなたにも連絡ない？」

俺が何も知らないことはわかっていて聞いているのだろう、と護は思った。

「私、生理が来たのよ。もし勇介から連絡があったら、そう言って」

返事を待たずに背を向けたあゆみの手首を、護は摑《つか》んだのだった。どうしてそうしたのか、そうしてどうするつもりだったのかはわからない。振り向いたあゆみの眼が涙でふくらんでいた。たまらず引き寄せると、あゆみはされるがままに護の胸元に入って、しばらくのあいだじっとしていた。たぶん涙が収まるのを待っていたのだろう、それからぱっと体を離して、俯《うつむ》いたまま駆けていった。

だからそれは文字通りの触れただけの記憶だ。そのあと洪水のあとまでは、口づけはもちろん、もう一度手を握ることさえしなかった。あゆみと体の関係ができたのは、勇介の失踪後半年が経った頃だった。子供がいるわけでもないのに、あゆみがずっと夫の実家にとどまって働き続けていることに、集落の者たちは感心したり呆れたりしていたが、俺がいなければ彼女はもう東京に帰っていただろう、と護は思っていた。ただ、護のためにとどまっているのか、とどまるために護を必要としているのかは、ずっと考えまいとしていたことだった。

意味もなくきれいな月が浮かんでいる夜に、あゆみが来た。

午後十時、祥子や母親と一緒の夕食もすんで、厩舎の見回りに行こうとしていたところだった。携帯が鳴り、近くまで来ていると言う。出ていくと、アプローチのゲートの前に白いミラが停まっていた。勇介が赤いサーブとともに消えた後で、あゆみが自分用に買った車だ。中古の車屋へは護も付き合った。

あゆみは車外に出ていた。護の部屋はもちろん、牧場内にも入るつもりはないらしく、突っ立ったまま話そうとするのを、やや強引に車の中に押し込んで自分も乗った。誰かが通りかかればコンビニの嫁の車が牧場の前に停まっていて中でごそごそやっていた、という噂が広まるだろうが、かまわないと護は思った。どのみち勇介が帰ってきてからは、三人の関係について推測されたり論評されたり非難されたり気の毒がられたりしているに違いないのだ。誰に何を言われてもいいからあゆみに触れたい、と護は思った。

「勝手？」

そのふた文字か。それが俺たちの関係か。

「いつまで待てばいいんだ？　いなくならなかったらどうなるんだ？　いなくなっても、また戻ってきたら？」

「どうしようもないわ」

護は転げまわりたくなる。何を言っても、どれほど言い募《つの》っても、望む答えは返ってこない。

「好きなのか、あんなやつが。俺よりもあいつなのか」

「私にはどうしようもないのよ」

そう言いながらこちらに身を寄せてこようとするあゆみを突き放すようにして、護は車から降りた。

あのときに似ているな、と護は感じる。
父親が死んだとき——いや、父親が末期の胃癌《いがん》だとわかったときだ。おそらく母親が親戚に喋ったせいで、その情報はあっという間に集落中に知れ渡ったに違いなく、しかし誰からも具体的な言葉はかけられぬまま、ただ生ぬるい繭《まゆ》みたいなものに包まれて日々を過ごしていた。

同情と好奇心とが混じり合ったその繭の感触を、今も感じる。勇介の帰還も、そのあと護とあゆみがふたりきりでほとんど会っていないことも、もちろんすでに知れ渡っているのだ。父親のとき同様に、自分自身が病気になったようにも感じる。熱でぼんやりした感じ。自分こそが誰よりも労《いたわ》られている感じ。ぼんやりし、労られながら、秋祭にコミュニティセンターの庭で開催することになったミニライブの練習に参加している。ギターを勇介から借りて。

祭に参加することは地域の一員としての義務だし、その祭のイベントとしてライブをやることが決まったなら、ひとり抜けるわけにはいかない。それが自分自身のために組み立てた理屈だった。しかし実際のところは、寂しさに耐えきれなくて、というのがいちばんの理由なのかもしれなかった。おかしな話だが勇介のそばにいることでまだあゆみとかかわっている気持ちになれる、ということもあった。

しかし——容易に予想できることではあったが——コミュニティセンター内の会議室を借りて三回集まった練習のうち、勇介が参加したのは最初の一回だけだった。二回目は集合時間を五分過ぎた頃に護の携帯が鳴り、「のっぴきならない用事ができて今日はそっちに行けない、一回目の練習の感触からしてもう十分だと思う」という連絡があったが、三回目はそれすらもなかった。

「なんか東京でやばいことになって、逃げてきたらしいよ」

その三回目、ローリング・ストーンズを三曲合わせたあとで、次どうする？　という話になったとき、曲名のかわりに圭太がそう言った。

「なにそれ、本人が言ったの？」

と淳が引き取り、それでなんとなく休憩ということになってしまう。主語も言わずにいきなり勇介のことを話し出すのは、俺と同じく圭太も淳も、勇介のことばかり考えているからなのだろうか、と護は思う。ふたりがバンド再結成に乗ったのはそのことと関係があるのか。

「いや、近藤《こんどう》先輩のところに金借りに来たんだって。いくら必要なんだって聞いたら、多ければ多いほどいいって。十万渡したらがっくりした顔されたから、なんの金だよって強く聞いたら打ち明けたんだと。詳しくは言わなかったらしいけど……。結局、十五万貸したらしいよ」

「知ってた？　護」

会話に加わらないことを気にしたのか、淳から声をかけられた。いや、と護は首を振る。

「じゃあ今日も金策に走り回ってるのかな」

淳が言う。かもな、と圭太。

「やばいことってなんだろ、また女絡みかな」

淳はそう言ってから、失言したという顔で護を窺い、

「本番には来るんだろうな」

と圭太が言った。

「東京から逃げてきたんなら、もう逃げるとこないだろう」

と護は言った。


だが祭の日、ライブは結局三人だけで演奏することになった。

前の晩の午後十時過ぎに護が電話で話したときを最後に連絡がつかなくなり、祭にもコミュニティセンターにも勇介はあらわれなかった。ヴォーカルがいないので不完全なベンチャーズを数曲演《や》って、あとは観客のリクエストを聞いてカラオケ大会まがいのステージになるという有様だった。

あゆみは祭に姿を見せなかった。翌日、パトカーがやってきて、広場で祭の後片付けをしている護たちの前を通り過ぎ、間もなく戻ってきたときには、後部座席にあゆみが乗っ

ていた。あゆみだ、という声で護が顔を上げたときにはもうパトカーの後部しか見えなかったのだが、あのときあゆみがどんな顔をしていたのか見えなくてよかったと護は思った。その日の夕方には、勇介が死んだことがたしかな情報として伝わってきた。

殴り殺された勇介の死体が、その日の早朝、河原で発見されたのだった。どこかで殺されてそこに捨てられたらしい。同じバンドのメンバーだということで護は刑事に話を聞かれたが、死亡推定時刻にはコミュニティセンターで演奏していたから、疑われることはなかった。だが責任がないことはない、と思っていた。祭でのライブの宣伝チラシには勇介のフルネームも入っていて、それをわざわざM市まで持って行ってあちこちに貼ったり置いたりしたのは護だったからだ。そうしたのはライブを成功させたかったからではなくて、勇介がやばい奴らに追われているという噂を、おそらくは圭太たちよりも先に耳にしていたからだ。

だからといって、勇介が殺されることまで自分が想定していたとは思えなかった。死んでほしいと願っていなかったのはたしかだし、再びどこかへ行ってしまえばいいとも思っていなかった。

どこかへ行きたかったのは自分のほうなのかもしれない。でも、俺はずっとここにいるだろう、ということを確信しながら、護はそう思った。勇介は今度こそ本当に消え失せたが、あゆみとやり直そうとは思わなかった。それもまた気づいてしまったことだった。やり直せないのではなく、やり直す気持ちがもうなかった。勇介とともに勇介への嫉妬《しっと》も消えて、護は自分があゆみを捨てようとしていることを知った。

母のこと

た。

膵臓《すいぞう》がんが見つかったとき、「よかったわ」と母は言った。これで決着がつくわ、と。百パーセントではなかったかもしれないが、九十五パーセントは本心であるように思えた。

もともと十五年ほど前から肝臓がんを患っていたのだが、治療を続けることに母はうんざりしはじめていた。もう自然に任せたいわ、と言うのを、でも治療のおかげで自覚症状もないし、ふつうに生活できてるんだから、と宥《なだ》めていた。

肝臓内の転移を見張るためのＣＴスキャンに、膵臓がんが写ったのだった。その検査結果を聞くための診察室に、母に付き添って私もいた。肝臓が悪いので手術はできない、化学療法も大きな効果は期待できない、そのうえ副作用が強く出てしまう、という説明だった。じゃあ、もう、何もしません。母は即座にそう言った。幾分得意げにすら見えた。膵臓がんの治療ができないなら、肝臓の治療を続ける意味も自動的になくなったからだ。私ももう反対はできなかった。何もしないほうがましだ、というのは医師の口調にもあらわれていたし、父が抗がん剤治療でひどくつらい思いをしたのを見ていたから。痛みだけはがまんしたくない、というのが母の希望だったから、緩和ケアに移行する手続きをして、私たちは病院をあとにした。

そうだよね、抗がん剤はいやだよね、うちでおいしいもの食べて、のんびりして、それがいいよね。そんなことを喋《しゃべ》りながら帰ってきた。母は八十三歳だった。膵臓がんにならなくても、もうそれほど長い間は一緒にいられないことはわかっていた。わかっていても、それがいつなのかはこれまでずっと考えずにきた。とうとうそのときが来たのだ、と思った。家に着いて、病気とはまるで無関係な話をしているとき——母はさっさとその話題を切り上げてしまったので——、私は突然涙がこみ上げてきた。

「大丈夫だったら」

と母は当惑した、迷惑そうにすら見える表情で言った。

「私はもうじゅうぶん生きたんだから。そろそろ終わりにしたいなあと思ってたのよ。ようやくカタがつきそうで、ちょっとほっとしてるのよ」

母はその年代の人にしては背が高くて、生涯すらりと痩《や》せていて、美しい人だった。容姿にそれほど手間やお金をかけるわけでもなかったが、いつも洒落《しゃれ》た、気の利いた様子をしていた。

性格は、呑気だったが現実的なところもあった。やさしかったが感傷的ではなかった。——こう書きながら、本当にそうだったろうか、と思いもするのだけれど。つまり私たちに見せていた顔の内側に、本当の母がじっと息を潜《ひそ》めて、ほくそ笑んでいたのではないだろうか、と。人間は誰だって多かれ少なかれそういうものだろうが、とりわけ母はそうだったのではないだろうかという気がする。見えていた部分への疑いというのではなくて、「見せない」ことこそ母の性質の核だったのではないか、と。この母には、聖母マリアの処女懐胎《かいたい》について話していたとき、「あれ（処女）は、本人がそう言っているだけかもしれないわよねえ」という大変不謹慎な名言がある。

私の父は二十三年前に亡くなった。私と妹が育った調布の一軒家で、そのあとずっと母は暮らしていたけれど、今回の病気が発覚する少し前から、三鷹《みたか》の私の家に移ってきていた。実家は売却することになり、うまい具合に買い手がついた。

このときの母もまったく母らしかった。実家に残っていたほとんどいっさいを、未練なく処分してしまったのだ。母が「ごみ」として仕分けしていたものの中に、父の位牌《いはい》（木切れに埴谷雄高《はにやゆたか》さんが父の名を書いてくださったもの）が入っているのを見つけて、夫が驚愕して持ち帰ってきた。お義母《かあ》さん、これは捨てたらまずいでしょう、と夫が言うと、しまった見つかっちゃったわという顔で母は笑いながら肩をすくめていた。

実家を買ったのは不動産屋で、更地にして建売住宅を建てるという話だったので、家が取り壊される前に写真を撮っておこうか、と提案してもどうでもよさそうに生返事していた。そういえば父が亡くなったときも同じだった。古本屋を呼んでさっさと父の蔵書を処分し、父の服も父が集めていた絵も、レコードも将棋盤も囲碁セットも、父のベッドも、父がアンティークショップで衝動買いして、うちでは少々もてあましていたイタリア製の大きなテーブルも椅子も、ほしいという人にどんどん譲《ゆず》ってしまった。

記念とか、思い出とか、記憶とか、魂とか。そういうものがたぶん母は苦手だったのだ。きらいだった、と言ってもいいのかもしれない。そんなものを後生大事にして、わざわざ悲しくならなくたっていいでしょう、という母の声が聞こえるようだ。ようするに母は、悲しくなるのが苦手で、きらいだったのかもしれない。

この人は怠惰《たいだ》なのかもしれない、というのは、私が二十代の頃から母に持ちはじめた印象だった。母と同じ傾向が自分の中にあることを自覚しはじめての認識でもあった。怠惰、私はこの言葉をモチーフのひとつにして、長編小説を書きもした。『誰よりも美しい妻』というその物語は、妻を愛し、崇拝《すうはい》すらしながらもほかの女たちとの恋愛にうつつを抜かす男、その男のラブ・アフェアを（おもに、男自身の告白によって）ちくいち知らされながら、怒りも泣きもせず許している妻の話だ。ふたりの息子があるとき母親に向かって「お母さんは、怠惰なんだ」と言う。まだ九歳の、世界について人間について何ほどもわかっていない子供にそう言わせたのは、それを怠惰と呼ぶことは本当に正しいのか、そのときの私には今ひとつ自信がなかったせいかもしれない。正直に言えば、今もない。

いずれにしても、そのことと、母が妻として母として、滅私奉公《めっしほうこう》的に家族に尽くしてきたという事実は、すくなくとも私の中では矛盾しない。これは母の物語だから、今、父について多くは語らないけれど、ともかく彼はあらゆる意味で恐ろしく手のかかる男だった。仕事の補佐と家事と父の余暇、どの分野にも十分に発揮される彼のわがままと気まぐれのいっさいを、母は一手に引き受けていた。

それほどに手をかけてきた父が死んだとき、母は悲しがる様子も寂しがる様子も、すくなくとも私や妹には見せなかった。ただ呆然としていた。呆然と、「チチ（と、私たち家族は父のことを呼んでいた）がいないとこんなにヒマなのね」と呟《つぶや》いていた。

そのあとしばらく——印象としては、ほんの一瞬、といっていいほどの期間——、母は活動的になった。ちょうどその頃、私は実家に戻って暮らしていたのだが、ふたりで早朝ジョギングをしたり、水泳教室に通ったりした。

あれは父亡き後の母と私の、一過性の錯乱《さくらん》というべきものだったのだろう（よりにもよって早朝ジョギング！）。この件について、ずっと私はそう考えていたのだが、今——文字通りの今、母がいなくなった今、べつの考えが浮かんでくる。錯乱していたのは私だけで、母は私に付き合っていただけなのではないか、と。

妹に続いて私が結婚すると、今度こそ母はまったく「ヒマ」になったはずだった。けれどもその頃から、母はまったく何もしなくなった。

母が私の家で暮らしたのは、亡くなるまでの約十五ヶ月間だった。私、夫、母の三人暮らし。四畳半の和室を母の部屋にした。

父の伝で言えば、母はまったく手がかからない人だった。手がかからなさすぎていっそ困惑するようなところがあった。

私の母は、本とおいしい食べものと、父とでほとんどできあがっている。以前「母の構成成分」というエッセイでそう書いたことがある。これは誇張ではなく、それこそほとんど真実だ。父がいなくなり、私と妹がそれぞれの家庭を持ってからは、母が必要とするのは――というのは、魚にとっての水、いっそ生き物にとっての空気、に近い意味で――本とおいしいものだけになった。早晩自分の命が尽きる、とわかってからは、その態度はいっそうぶれのないものになったような気がする。

我が家での母の一日はまったくシンプルなものだった。午前九時から十時の間に起床。

朝食。読書。昼食。読書。昼寝。夕食。読書。午後十時前後に睡眠導入剤を服用して就寝。うまく眠れない場合や深夜に目覚めた場合はさらに読書。

外出するのは病院、美容院、鍼灸院《しんきゅういん》へ行くときくらいだった。私の家が駅から遠いということもあり、タクシーを呼んで十分から十五分の距離を移動するその機会は母にとっては一大イベントであるらしく、予定が決まっているときは一週間くらい前から当日の天気を心配するわ体調を整えるわで、まるで海外旅行にでも行くように身構えていた。

私と夫は、母をもっと外に連れ出そうとした。小旅行、軽いハイキング、映画、食事、買いもの。このうち母が積極的に応じたのは買いもの（近所の青果市場またはスーパーマーケットが目的地）だけだった。映画と、都心のおいしい店での食事（どちらも夫に車を出してもらう）への誘いは、ときどき成功した。ハイキングと小旅行は、「いいわねえ」と答えるものの、おおむねドタキャンされた。食事と映画にしても、どんなに甘言（今まで食べたことのないような料理が出てくるよ、ワインもいっぱいあるよ、ママがぜったい好きそうな映画だよ）を尽くしても、次第に返ってくるのは生返事だけになってきた。

もちろん、次第に母の体調が悪くなってきた、という事実はある。けれどもその速度より、母がいろいろなことを放棄する速度のほうが速かった。結局、行きたくないんだね。「この頃お腹の調子が良くないから、ちょっと無理だと思うのよ」という理由で一週間先の避暑地行きを母がキャンセルしたとき、私と夫はしみじみと言い合った。夫には言わなかったが、その段階で私は薄々気づいていた。結局、母はもうあまり生きたくないのだと。

といって、母は鬱々《うつうつ》と暮らしていたわけではなかったし、悲愴感とも自暴自棄《じぼうじき》とも無縁だった。

毎日、淡々《たんたん》と、機嫌良く暮らしていた。よく笑ったし、毎朝新聞を隅々まで読んで、呆れたり憤《いきどお》ったりしていたし、家にいるだけでもちゃんと薄く化粧をして、私などよりよほどきちんとした身なりをしていたし、食べられる間は食欲も旺盛《おうせい》だった。食べることにかんしてだけは、本当に意欲があって、梅酒を漬けたり水キムチを作ったり、最後のお正月にも黒豆を煮たし、アゴ（飛び魚）の干物と干し椎茸を大鍋に入れて、お雑煮用の出汁《だし》を作ってくれた。

少量だがお酒も飲んでいた。夕食の料理に合わせて焼酎かワイン。母が来てから私は気合いを入れて酒の肴《さかな》をあれこれ用意するようになった。私が作ったものを「あら、おいしいじゃない」とほめてもらえると嬉しかった。私も料理は得意だが、長年「料理の鉄人」として鳴らした母の腕前にはとうてい敵《かな》わないので、素材で対抗した。「ここの家はめずらしいものを食べさせてもらえるわねえ」と母は言っていた。アルコールを受け付けない夫が食事を終えたあとも、母とふたり本の話などしながら、ちびちび飲んでいるときもあった。

こうした時間を持ててよかった、と私は思っている。私にとっては紛《まぎ》れもない幸福な時間だったし、今、母に対してもっとああもできた、こうもしてあげられたのにという思いが募《つの》るとき、心を宥めるために取り出せる記憶ともなっている。そうして、宥められながら、思うのだ。母は私のために、演技してくれたのかもしれない、と。食べるという彼女の得意分野で、母親らしさを精一杯発揮しようとしていたのかもしれないなあ、と。もちろん人は演技するものだ――他人のためにも自分のためにも――けれど。

緩和ケア外来は私の家の近くの病院を探して、月に一度通っていた。膵臓がんの最初の症状は「背中が痛くなる」と聞かされていた母は、担当医に会うたびに「まだ痛くならないんですけど」と訴えて苦笑されていた。

病気の進行はゆっくりだった。膵臓がんを宣告されたのが去年の八月だったが、今年の五月頃までは母は自分の足で外出することができた（古い友人の写真展のオープニングパーティに出席する、という、母としては画期的な外出もした）。七月までは、私や夫とともに三食、食卓で食べることができていた。

八月に入ってからがくんと悪くなった。ずっと筋肉痛だと思っていた肩の痛みが骨転移であることが判明し、その頃には腰の痛みも出ていた。膵臓が腫瘍で腫《は》れて十二指腸の通りが悪くなり、腹水も溜まりはじめた。

母とともにした最後の食事のことをよく覚えている。友人であるイタリア料理のシェフが母のことを気遣ってくれて、お土産に持たせてくれた仔豚のローストを、彼に教えてもらったとおり、トマトと玉葱《たまねぎ》とともにオープンサンドにして出したのだった。その頃にはもうほとんど食欲がなくなっていた母が、めずらしく「おいしいわねえ」と喜んで二切れほど食べた。赤ワインもグラスに半分ほど飲んだ。今、手帳の記録を調べると、それは八月二十二日のことになっている。

あるいは、母が最後に読んだ小説のこと。それは「文學界《ぶんがくかい》」に掲載されていたローラ・ヴァンデンバーグの「南極」という短編だった。その前に私と母は、ポール・ユーンの短編集『かつては岸』を読んでいたく感心していて、ヴァンデンバーグが彼の妻であるという情報を得た上で読んだのだ。体を起こしていたり、長く喋ったりすることは食事同様にそろそろ辛そうになっていた母が、わざわざ私を呼び止めて「あれ、読んだわよ」と言ったのだった（私のほうが先に読んで、母に勧めていたのだ）。「いい小説だったわねえ」

と。そして「でもあの夫婦（ユーンとヴァンデンバーグ）はやっていくのが大変そうね」と続けたので私は笑った。

それから母はほとんど寝てばかりになり、うどんやおかゆやスープのようなものを口にすることも次第に億劫《おっくう》そうになってきて、最後は痛み止めを飲むための水しか口にしなくなった。そんなときでも、映画や外食を断るときのように「そのうち様子を見て食べるから」と言っていた。

あるとき母の元へ行くと、起き上がって窓のほうをじっと見ている。どうしたの、と聞くと「今、大きな蚤《のみ》がいたのよ」と言う。刺されたの、と聞くと「刺されてないけど」と言う。でもこの部屋には大きな蚤がいるわ、と。亡くなる少し前、シベリア鉄道に乗らなければと呟《つぶや》いていた父と同じように、母も錯乱しはじめているようだった。

どんどん衰弱していくのになすすべもなく、週明けに病院へ行って入院の相談をすることにした。そのことを母に言うと、お風呂に入ると言い出した。そのときにはまだ母は、二階の部屋から自力で階段を降りることができたのだ。ひとりで大丈夫と言い張ったが、私も一緒に入浴して、母の髪や体を洗った。

月曜日、病院へ行く前に母に入院してもいいかどうか聞くと、「このままもう少し家にいたい」と言った。それでいったん入院を延期したのだが、水曜日には横たわったままずっと目を開けているようになり、救急車を呼んで病院へ連れていった。そのときはまだ「入院しよう、いいよね？」と声をかけると頷《うなず》いた。病室に運び込まれて、ベッドに横たわったときには、もうどんな呼びかけにもほとんど反応しなかった。亡くなったのは金曜日、九月五日の朝だった。

父もやはりがんで亡くなったのだった。

父の場合は、死にたくなくて、あらゆる手を尽くして闘病した。自分が近々死ぬということを認めまいとするように、ぎりぎりまで仕事を続けた。

比べると、母は死に寄り添うようにして、無抵抗で死んでいった、という印象がある。どちらかを選べといわれたら、自分も母のように死にたいと思うけれど、どちらが正しいのかはわからない。人間は生きていくもの、生きていかなければならないものだと私は思っていて、ある時期からの母の態度は、あきらかに「死んでいくもの」であったから。でも、死んでいくことも生の一部だ、とも思う。無抵抗に見えた母の心の中がどのようなものであったのかは誰にもわからない。

「ドラマみたいなお別れは現実にはなかなかできないものですよ」

母を入院させた日、ほとんど反応しなくなった母の前で泣いている私——亡くなったときよりこのときのほうが泣いた――に、担当医がやさしく言った。ありがとうとかさようならとか、ずっと言わずにきた胸の内を打ち明けるとか、いまわの際にそういうやりとりができることはほとんどない、たいていの人はお母さんのようになるのですよと、慰《なぐさ》めの意味で言ったのだろう。

実際、母との最後のまともな会話がどんなものだったか、私は覚えていない。一緒に入浴したあと、洗い髪にドライヤーをかけてあげたら、「もうそれくらいでいいわ、疲れちゃった」と言ったのが最後だったのか、それとも私が彼女の部屋を訪れるたびに口にした「仕事があるのに私のことで時間を取らせちゃって悪いわねえ」という言葉の最後の一回が、それだったのか。いずれにしてもそのときは、それが最後だとは思わなかった。

その曖昧さは母の側にもあって、死んだ後のことをいろいろ整理しておかなくちゃねと言っていたが、そのままになっている。母がした「整理」といえば、たくさん持っていた和服を私の友人たちに譲ったことだけで、遺言といえるのは「お墓はチチと同じところでいいけど、お葬式の類いは何にもやらなくていいから」という口癖だけだった（これを私は守って、お通夜もお葬式もしていない）。

後悔がひとつある。母に抱きつきたいと、ずっと思っていた。そんな真似は小さな子供の頃にしかしたことがない。だから最後に一度だけそうしてみたかったのだが、果たせなかった。

　いかにも感傷的な行為だし、母をぎょっとさせるような気がして。それにその行為によって、母がもうすぐ死ぬことを確定してしまうようで。母を入院させた日、救急車を待つ間に私はそっと母の隣に横たわって、背後にぺたりとくっついてみた。しばらくの間そうしていると、母は唸《うな》って、うるさそうに体をねじった。

　人は生きている間は生きているのだ、と、当たり前のことをあらためて思ったりする。死ぬことがわかっていても、死に向かって少しずつ弱っていっても、それでも生と死の間にはくっきりした境界線がある。

　ずっと母に寄り添っていた死が、その瞬間、母をぱくりと呑み込んで、母は逝《い》ってしまった。


　一年あまりともに暮らせてよかったけれど、辛いのは、家の中のそこここにまだ母の痕《こん》跡《せき》があることだ。

　寝起きしていた和室はもちろん、洗面所には母が使っていた化粧品が置いてあるし、浴室の石鹸《せっけん》は、母が「こうしておくとすぐ泡がたつから」とネットに入れたままになっている。「あら、おいしいじゃない」と気に入っていた佃煮《つくだに》は、冷蔵庫の中でまだ瓶に半分ほども残っているし、冷凍庫を開ければ母が初夏に庭で毎日少しずつ収穫したブラックベリーがどっさり入っている。去年の夏に母はこの果実でジャムを煮てくれたが、今年はその体力がなかったので、私が自分で煮ようと思いつつそのままになっている。納戸《なんど》には母が漬けた梅酒の瓶が並んでいる。

宅配便が届いて、顔見知りの配達員のおじさんが「お母さん、最近見かけないね」と私に言った。先月亡くなったんですと答えると、おじさんは一瞬、絶句して、それから私が当惑するほど悲しそうにする。こないだまで、あんなに元気だったのに。そう、そうなんだ、残念だなあ、と。この話を母にしたい、と私は思う。いや、むしろ、この話を「しよう」と考えている。きっと母はアハハと、ちょっと得意そうに笑うだろう。

取り返しがつく、となぜか思える。たとえば母はよく熱を出した。熱は一日か二日で下がる。そうすればまた元気になって、「ああ、やっと食欲が出てきたわ」と言いながら食卓にあらわれる。もっと悪くなったときでもそうだった。母は和室で伏せっている。階段を上がって四畳半の襖《ふすま》を開ければ、母は仰向《あおむ》けになり枕をふたつ重ねて頭を高くした体勢で本を読んでいる。好物のアイリッシュシチューを作ったよと私が言えば、「あら、じゃあちょっと降りてみようかしら」と起き上がる。これまでそうだったように、この死も、そんなふうに覆《くつがえ》せるのではないかという感覚がある。

それからふいに気がつく。覆らない。どうしたって取り返しがつかないのだと。階段を上っても好物を作っても、以前、離れて暮らしていたときのようにふと思い出して電話をかけても、母はもう生き返らないのだと。気づいて、私はぎょっとする。おかしな話だが本当に、そのことは不意をつくように認識されるのだ。それから悲しみがやってくる――毎回、はじめて会うような顔をしてやってくる。

「きっと父が待ちかねていましたよ」

と、私はお悔やみに来てくれたひとたちに、何度でも言った。今頃は父とふたりであちらでお酒を飲んでいますよ。

実際、その光景はありありと浮かんでくる。白っぽい霧の向こうから、ポケットに両手を突っ込んで、ぶらぶらと母を迎えに来る父。少し恥ずかしそうににやにやしながら「あんたずいぶん遅かったねえ」と母に言う。「もっと早く来たかったんだけど、なかなかすっぱり終わらなくて」と母は言う。「案外こっちも面白いぞ。まあちょっと、旨いもんでも食いにいこう」「はいはい」ふたりは並んで歩き出す。もしかしたら父は自転車で来ていて、生前よくそうしていたように、母を後ろに乗せてゆっくりゆっくり漕《こ》ぎ出すかもしれない。

今頃は父と……と口にするたびにその光景は私の脳裏にあらわれて、情景の細部や、父や母の表情が加筆されていくのだが、これも奇妙なことだと思う。筋金入りの不信心者である自分が「あの世」の存在をこんなふうに信じているなんて。信じている、というのとはちょっと違うのかもしれない。利用している、といったほうがいいのかもしれない。とにかくそれで、どうにか悲しくなりすぎずにすむ。母のことがとても好きだった。母が死ぬなんて堪《た》えられない、とずっと思っていたが、案外しのいでいる。そうこうして、日々は過ぎていっている。

雨

ある日、「ひかちゃん」が「岩崎《いわさき》」になっていた。それが雨の日だったことを志帆子《しほこ》は覚えている。強い雨。夕立。そう夏だった、娘が中学に入って最初の夏休みだったのだ、と順番に思い出していく。

その日、志帆子は週三日手伝っているブックカフェを欠勤していた。風邪をひいて熱が高い、というのがオーナーに告げた理由だったが、実際にはずる休みだった。オーナーを含めた従業員内の人間関係が面倒になってきていたのだ。もともとお金のためではなくて何か「文化的」なことがしたくてはじめたアルバイトだったから、夏が終わったら辞めてしまおうと考えながら——実際、翌月に辞めた——ひとりぶんの昼食の用意をしていたら、娘の瑠唯《るい》が帰ってきた。

家には誰もいないはずだと瑠唯は思っていたようだった。バレー部の練習があって朝早く家を出ていて、その時点では志帆子は、数時間後にブックカフェに出勤することになっていたから。だから呼び鈴は鳴らず、ガチャガチャと鍵の音がして、ドアが開いた。それから瑠唯の「岩崎、早くってば」という声が聞こえてきたのだった。

何となく聞き慣れないトーンだと感じたが、「お友だちと一緒なの？」と声をかけながら志帆子がキッチンから廊下へ顔を出すと、瑠唯はひどく驚いた様子で棒立ちになった。お店休んだのよ、ちょっと風邪っぽくてと、志帆子は娘にも言い訳した。瑠唯のうしろにいるのがひかりだとわかって、ああそうか、ひかりちゃんのことを瑠唯は名字で呼んだのだ、と理解した。岩崎ひかりは同じマンション内に住む、幼稚園の頃からの瑠唯の幼なじみだった。同い年で、小学校も中学校もともに公立だったから、同じところに通っている。

それからどうしたのだったか。志帆子は記憶を辿《たど》る。そうだ、お昼ごはんを食べるかと聞いたら、いらない、マックで食べてきたからという返事があったのだった。瑠唯とひかりは瑠唯の部屋に入って、連れだって出てきたのは小一時間ほどあとだった。雨はもう上がっていた。ちょっと出かけてくるから。洗いものをしている志帆子にそう言い置いて、ふたりは家を出ていった。そのときひかりが、ぺこりと会釈《えしやく》したときに、なんだかよそよそしくなっちゃったわねと思ったことも覚えている。

もう中学生だものね。結局、そう考えたのではなかったか。今までずっと「ひかちゃん」と呼んでいた友だちのことを、名字で呼び捨てにするようになったのも、中学生の間ではそういう呼びかたが流行《はや》っているのだろうし、そっちのほうが大人っぽい、というようなことにもなっているのだろうと。小学校の頃は毎日のように互いの家を行ったりきたりしていた娘たちが、最近は一緒にいることのほうがめずらしかったのも、そうして、その日をかぎりに瑠唯がひかりを家に連れてくることがなくなったのも、そういう年齢なのだろう、と志帆子は自分を納得させていたのだった。

電話がかかってきた日も雨だった。

冬で、瑠唯の中学二年の三学期がはじまる前日の朝のことだった。夫は出勤していったあとで、瑠唯も部活に出かけていたから、家に志帆子ひとりのときだった。「二中の加藤《かとう》です」と相手が名乗ったので、瑠唯のクラスの連絡網だとわかったが、最近はメールの一斉配信がほとんどだったので、電話がかかってくるのはめずらしいとまず思った。

「同じクラスの、岩崎ひかりさんという女生徒が亡くなったそうです」

志帆子がとっさに反応できずにいると、「聞こえてます？」と相手は言った。連絡網の電話は加藤さんの母親からしかこれまで受けたことはなかったが、このときは父親とおぼしき男性がかけてきていた。

「どうして？」

ようやくそう応じると、「ジシされたそうです」と相手は言った。

「ジシ？」

「はい。自殺されたそうです。そういう連絡なので、メールではなくて電話になったんです。学校側からの通達は三点。ひとつ、子供たちにはまだ伝えないこと。亡くなったことを知っている場合でも、自殺したことは言わないでください。ふたつ、部外者にも喋らないこと。すでに新聞や雑誌の記者が動いているそうですが、かかわらないようにしてください。みっつ、通夜は今日ですが、出席はできれば控《ひか》えること。後日……」

「ちょっと、ちょっと待ってください。自殺って、本当なんですか。ひかりちゃんがどうして」

志帆子がふるえる声を挟むと、

「あのですね、これは連絡網なんです。必要なことをできるだけはやく必要な人全員に伝えないとまずいわけですよね」

と相手も張り合うように遮《さえぎ》ってそう言った。

加藤さんの父親とこれまで話したことはなかったが、口調は終始苛立《いらだ》っていて、ひどく感じが悪かった。しかしそういう態度そのものも、連絡網によって伝達されてきたものなのだろう、と志帆子は感じた。なぜなら「後日、学校としてまとまって弔問《ちょうもん》することが検討されているそうです」と先程の続きを言い終えて彼が電話を切ったあと、志帆子も次の家に電話をかけて、気がつくとほとんど同じ口調と言葉を使っていたからだ。

それが終わると志帆子はキッチンの椅子に腰掛けて、しばらく考え込んでいた。我に返ると、朝からずっと降り続いていた雨の音が、たった今降りはじめたように耳に届いて、それで一昨年の夏、瑠唯がひかりを「岩崎」と呼んだときのことを思い出したりもしたのだった。思い出すと違和感はあのときよりずっと増すようだった。けれどもその違和感のことはもうそれ以上考えるのをやめて、立ち上がり、夫の携帯に電話をかけた。

話を聞いて壮利《たけとし》も驚いていたが、志帆子ほどには動揺していないようだった。岩崎ひかりや彼女の家族とのかかわりを、さほど持っていなかったからだろう。ただ瑠唯が受けるだろう衝撃について心配し、それから「通夜、行かなくていいのかな」と言った。

「だってご遠慮くださいっていう通達なのよ」

「でも、うちはほかの家とはちょっと違うだろう、瑠唯とあの子は小さい頃からの付き合いだったんだから……」

そうだけどと言ったきり志帆子が黙り込むと、壮利も「まあ、いいか」と収めた。

「ひかりちゃんのお父さんってあれだろ、なんか、もの書いてるんだよな」

「そう、評論家」

「テレビにずいぶん出てたからなあ。そういうのも、娘さんにはしんどかったのかな」

「どうなのかしら」

ひかりの父親は大学教授だったが、五、六年前から評論家として本を書くようになった。身内や友人でない人たちにも岩崎一郎《いちろう》の名前が知られるようになったのはこの一、二年のことで、彼が反原発や反改憲の運動の先鋒として、テレビや雑誌のインタビューに登場する機会が多くなったためだった。

その頃から岩崎家とは、何となく疎遠になっていたのだ。夫との電話を切ると、志帆子はあいかわらずぼんやりと椅子に腰掛けたまま、そう考えた。岩崎氏があんなふうに有名になったことを、どんなふうに話題にしていいかわからず、あるいは話題にしないほうがいいのかもしれないと思えて、ちょっと付き合いづらくなっていたのだ。それで、ひかりが以前のように家に来なくなって、正直言えばどこかほっとしていたところもあったのかもしれない。

志帆子はなかなか椅子から立ち上がれなかった。考えても考えても足りないような気がするのは、本当に考えるべきことを考えていないせいであるようにも思えた。そうするうちに呼び鈴が鳴り、瑠唯が戻ってきた。

顔を見た瞬間に、ひかりが死んだことも、自殺であることも、娘はすでに知っているのだとわかった。すぐに母親の顔から目をそらすと瑠唯は無言で自室に向かい、そのまま夜になっても出てこなかった。

隣町の斎場で行われる葬儀に、生徒たちは学校から教師に引率されて行く。保護者は任意で、という通達が、これはEメールで送られてきた。昼間だったが壮利も会社を休んで、志帆子とともに参列した。

夫婦が着いたときには、生徒たちはもう後方の席に収まっていた。学校全体ではなくてひかりと同じクラスだった者たちだけが来ているようだ。瑠唯がどんな様子なのか志帆子は気になったが、制服姿の子供たちの集団はなにか見たことのない大きな生きもののような圧迫感があって、ちらりと視線を向けただけですぐに戻してしまった。

案内された前方の席に、保護者と思われる姿は思ったより少なくて、死因が今回のようなものである場合には、列席を遠慮するという考えかたもあるのかもしれない、と思ったりした。祭壇に祀《まつ》られたひかりの遺影は可愛らしい笑顔で、ずいぶん幼く見えた——実際のところ、小学生の頃のものかもしれない。コートをクロークに預けていたが、入口が開け放たれているために会場はひどく寒くて、そのせいなのかこれまで知っていたのとはべつの感触の悲しみに、あるいは悲しみではないものに体を覆《おお》われるようだった。視線を感じて顔を上げると、岩崎夫妻がじっとこちらを見ていた。志帆子は曖昧な目礼をして、すぐにまた顔を伏せた。

ひかりはマンションの十階から飛び降りたのだという情報が、すでにもたらされていた。住んでいるマンションではなく、二駅隣の古い高層マンションで、そこはオートロックシステムがないので、これまでにも数件の飛び降り自殺があった〝名所〟であるとのことだった。連絡網でもメールでもなく、同じクラスの子を持つ母親から個人的に電話がかかってきたのだった。

岩崎夫妻はいじめがあったことを疑っていて、調査をはじめている、という話も聞いていた。困りますよね、こういうのって。その母親――さほど仲がいいという認識はなかったが、情報を交換する相手としては自分が妥当だったのだろうと想像できた――は話の締めくくりにそう言い、志帆子は「ええ、まあ」という言葉を返した。何か言わなければならなかったからそう言ったのだが、同意したような返答になってしまったことを、ずっと悔《く》いていた。困りますよね、こういうのって。たしかに困るといっていい状況なのだろうが、あからさまに口にするのはどうなのか。それに「こういうの」が何を指しているのかもよくわからない。岩崎夫妻がいじめを疑っていることか。あるいはひかりの自殺そのものを指しているのか。だとすればあんまりだ。

読経《どきよう》がはじまった。まもなく、奇妙な音が聞こえてきた。あるいは読経のせいで、それまでも聞こえていた音が浮かびあがってきたのかもしれない。はじめて聞く音ではなかった。LINEの着信音だ――知っていることを認めたくない気分で志帆子は認めた。以前に家の中でもやたらとそれが聞こえてくるので、娘に問い質《ただ》し、LINEという単語を得、自分でインターネットで検索して、それがどういうものなのか概《おおむ》ねわかっていた。今、あの音が聞こえてくるということは、やりとりしている者たちがいるということだ。

そっと夫を窺《うかが》うと、壮利はじっと頭《こうべ》を垂《た》れていた。音に気づかないのか、気づいているが気にならないのか、気にしないことにしたのか。遺族席のほうを盗み見ると、岩崎夫妻ははっきりと生徒たちのほうへ顔を向けていた。それでとうとう志帆子も振り返ってみると、にやにや笑っている顔がいくつか見えた。そういう子たちは、ほかにも笑っている者がいないか探すかのように顔を上げていたので、わかったのだ。志帆子は急いで姿勢を戻した。どぎまぎしながら、瑠唯は笑っていなかった、と自分に言った。実際には、瑠唯の顔はあいかわらず見えなかった、ということだったのだが。

気がつくと着信音は聞こえなくなっていた。マナーモードにするべきだとようやく全員が気づいた、ということだろうか。今の中学生は携帯電話やスマートフォンを持っているのが当たり前になっている。持たないことの不便や不都合を本人から言い募《つの》られ、周囲から聞かされもして、瑠唯にも中学入学と同時に持たせざるを得なくなった。そういえば志帆子が知るかぎり、ひかりは持っていなかったはずだ。マンションの自治会で岩崎氏と顔を合わせた折、そのことにかんする彼の考えを聞かされて、そう押しつけがましいものではなかったものの、以来岩崎家を煙《けむ》たく感じるようにもなっていたのだ、と志帆子はあらためて思い出した。

瑠唯はテレビを観ている。

葬儀のあと、生徒たちはいったん揃《そろ》って学校へ戻ったので、帰宅は志帆子たちよりも遅かった。無言のまま自室に直行したが、ごはんよと呼ぶと出てきて、両親とともに豚しゃぶの鍋を囲んだ。そのときもほとんど喋らなかったが、食後は自分のぶんの食器をキッチンに運び、部屋には戻らず、リビングのソファに座っている。

志帆子は娘の前を通ってベランダに出て、田舎から送られてきた箱ごとそこに置いてあるミカンを六つ五つ盆に取って戻った。盆をリビングのテーブルに置くと、瑠唯は「サンキュ」と小さく言ってミカンをひとつ取って、それから誰にともなく「サバイバルの録画観てもいい？」と聞いた。

「おう、観よう、観よう」

と応じたのは壮利だった。彼もまた、ことさらな感じで瑠唯のはす向かいのひとり掛けで雑誌を読んでいたのだ。瑠唯がＤＶＤプレイヤーを操作する。一般人の男女が数週間無人島でサバイバルする様を追うというアメリカの人気番組が再生される。ケーブルテレビで放映されているのを壮利が見つけて以来、父娘で気に入っているのだった。志帆子も瑠唯と同じソファに、娘から少し距離を取って座った。

ひかりのことは、彼女の死以来、親子の間ではひと言も話していなかった。それは仕方のないことだろう、と志帆子は考える。こうして部屋から出てきて、ともに食事をし、並んでテレビを観られるようになったというだけでも良しと思うべきなのだろう。ひかりのことは、きっとそのうち少しずつ話題にできるようになるのだろう。今はそっとしておくべきなのだ。

この番組の規定で衣服をいっさい身につけていないふたりが、今は洞窟の中で最初の夜を迎えている。火を燃やし続けているにもかかわらず夥《おびただ》しい数の蚊がふたりの体中にたかり、「うわあ」と瑠唯は声を上げた。ピンク色のトレーニングウェアの上下、という部屋着は、中学に入ってからほしがったものだが、膝を抱える格好で座っているのは、小さな頃からのままだと志帆子は思う。わざとなのか無頓着《むとんちやく》なのか、胸元近くまで開けたジッパーの下は大きく襟がくれたＴシャツで、目が行くとちょっとどきりとさせられるが、画面に見入る横顔の頰はまだぷっくりとまるい。

　そのとき、あの着信音がまた聞こえた。裸の男女が沼地を自らの体で漕《こ》いでいくのに合わせて、仰々《ぎょうぎょう》しい音楽が流れているのに、その音は志帆子の耳に、針を突き刺すように届いた。

　機械にスイッチが入ったような性急な動きで、瑠唯はパーカのポケットからスマートフォンを取り出して画面をたしかめる。それからぱっと志帆子のほうに顔を向けた。思い詰めたような顔で「これからちょっと出かけてきていい？」と聞く。

「これから？」

　時刻は午後八時を過ぎていた。駅前のファミレスに友だちが集まっている、三十分くらいで帰ってくるから、という娘の説明を聞きながら、志帆子は夫のほうを見た。十三歳の娘が出かけるには遅すぎる時間であるとか、夜道が危ないとかいう理由とはべつに、瑠唯を行かせたくなかった。その気持ちが夫にも伝わってほしいと願ったが、「いいよ。俺が店の前まで送っていく」と壮利は言った。

　父娘は連れだって出ていき、壮利は約十五分後に戻ってきた。自分はファミレスの中までは入らなかったが、女の子ばかり十人ほどが、テーブルをふたつ占めているのが窓越しに見えたと言った。

「何の集まりなのかしら」

志帆子の問いかけは夫を責めるように響き、

「そりゃ、ひかりちゃんのことだろう」

と壮利もやや尖《とが》った声で応じた。

「ひかりちゃんの、何?」

「何って、いろいろ話したいんだろう。思い出とか、何であんなことをしたのかとか
……」

何であんなことをしたのかとか。志帆子は胸の中で繰り返したが、口には出さなかった。それで夫との会話は終わりになった。間もなく、瑠唯から壮利の携帯に電話があった。そういう約束をしていたらしい。壮利は迎えに行き、娘を連れて帰ってきた。

瑠唯が言ったとおりに、約三十分足らずの外出だった。それっぽっちの時間で何を話し合ったのだろうと志帆子は思った。にもかかわらず瑠唯は長旅から帰投したかのようにぐったりした様子で、「ただいま」とだけ呟《つぶや》いて自室へ入ってしまい、お風呂に入りなさいと志帆子がドアを開けたときには、もうベッドの中で寝息を立てていた。

寝たふりしてるんじゃないのかしら。志帆子はちらりとそう思った。けれどもやはり本当に寝入っていたのだろう、とあとになって考えることになった。ファミレスでの会合がどんなものだったのかは知る由《よし》もないが、実際のところ瑠唯は疲れ切っていたのだ。翌朝

は寝坊して、朝食も取らずに慌てて登校していった。

　遅刻はしないにこしたことがないけれど、何か恐ろしいものに追われでもしているような慌てかただった。洗面所にスマートフォンを置き忘れたのも、だからだったのだろう。おそらく学校まであと少しというところで、瑠唯はそのことに気がついたのだろう。息を切らせて戻ってきたのは、約二十分後だった。

　どうしたの？　と志帆子は言った。忘れもの。瑠唯はそれだけ答えて洗面所へ行き、再び出てきたときにちらりと志帆子を窺ったが、志帆子は素知らぬ顔をしていた。じゃあね。行ってらっしゃい。慌てて車の前に飛び出したりしないようにね。そんな言葉をかけてやると、瑠唯は少し安心したように頬を緩《ゆる》めて、出ていった。

　志帆子はどうにか隠しおおせたようだった。二十分間は、娘のスマートフォンを調べるのに十分な時間だった。起動させるとすぐにＬＩＮＥのアイコンが目についたのでそれを押し、あらわれたやりとりの記録を、知りたいという欲求があまりにも強いためにほとんど良心の呵責《かしゃく》を感じぬまま辿ったのだ。

　誰か特定の相手とのやりとりではなく、複数の者たちがそこでメッセージを交換しているようだった。「ミカ」「レイ」「桜子」「はるか」「みゆ」などと名乗る女生徒たちが、ざっと数えただけで十数人そこに参加していた。ようするにこれはクラスの女子内の「連絡網」みたいなものなのだろう、と志帆子は自分を安心させようとしながら考えた。その時点ではメッセージの中身をちゃんと読んでいなかった。

メッセージが打ち込まれた吹き出しには白と緑色のものがあって、緑色のが瑠唯の発言であることがわかった。「これからガスト来れる人いる？」という呼びかけに対して、「行く」という意味だろう、擬人化《ぎじんか》されたキノコが片手を挙げているスタンプを瑠唯は送信していた。そのときには、ひかりらしき名前が参加者の中に見あたらないこと、交わされているメッセージのほとんどが、「岩崎」を馬鹿にしたり嗤《わら》ったり貶《おとし》めたりするものであることも知り得ていた。瑠唯は積極的に発言するほうではないけれど、「マジー？」「わかるわかる」「おもしろすぎる」などの言葉や、笑顔をあらわすマークなどで同意を示している。「岩崎に話しかけられた、マジうぜー」などというのもあった。

読めば読むほど、体がふるえてくるようなやりとりだった。最近交わされているメッセージはどれも、「岩崎」の、つまりひかりの死を糾弾している。「ちょー迷惑」「自分勝手」「自分に酔ってる」「最後まで最低だね」等々。さかのぼっていくと、「聞いた？　岩崎が自殺したらしい」と報《しら》せるメッセージに行き当たる。そうして志帆子は見つけてしまったのだった――その報せの次に瑠唯が「うける」というメッセージを送信しているのを。

葬儀の一週間後に、保護者会が招集された。

このときも志帆子は壮利と一緒に行った。土曜日の午後二時からという時間帯だったが、多くが夫婦で出席していた。除外されているのか本人たちの意思なのかはわからなかったが、岩崎夫妻の姿はなかった。

型通りのお悔やみの言葉のあとで、「調査が完了したわけではないが、現段階で、いじめのような事実は確認されていない」という報告があった。「最愛の娘さんがあんなふうに亡くなったことを、ご両親が納得しがたいのは無理もないこと」と前置きしてから、「混乱を招くので、この件に関しての内外からの個人的な問い合わせには応じないでもらいたい」という要請が続いた。内外からの、というのは、岩崎夫妻がこの場にいないからこそ使える言いかたに違いないと志帆子は思った。それとも、いたとしてもあえて使うのだろうか。

会場は体育館で、入口はぴったりと閉ざされていたものの、葬儀のとき同様に底冷えがした。説明会というよりまるで何かの儀式のようだと志帆子は感じた。声を発するのは学校側の人間だけで、それが保護者席に降り積もるままになっているのは、読経のようでもあった。何かご質問やご意見などがございましたらどうぞ。最後に教師がそう言ったときも、挙手はなかった。この中の誰ひとり、子供の携帯やスマートフォンを盗み見た者はいないのだろうか、と志帆子は考えた。ＬＩＮＥであのようなやりとりが行われていることを知っているのは私だけなのだろうか？　そう考えても、しかし自分が挙手して、そのことをこの場で明かすべきだ、という選択肢はなかった。壮利にさえ打ち明けていないのに、どうしてこんなところで口にできるだろう？

「説明会、どうだった」

その日の夕食時に瑠唯が聞いた。ひかりにかかわることを、娘のほうから言い出したのはそれがはじめてだった。志帆子は夫の顔を見た。そのとき、自分が娘の顔をまともに見られなくなっていることに気がついた。

「テレビや雑誌の記者があれこれ言ってくるかもしれないけど、かかわらないようにって」

夫はそう答えた。誰かそういうひとに声かけられたりしたか？　と続けて聞き、瑠唯は首を振った。

「悩んでることとか困ってることがあったら、お父さんやお母さんに相談するようにって。自分ではどうにもならないと思ってても、大人に話すと、あんがい簡単に解決したりするものだからね」

教師の言葉に自分の言葉を付け足して、壮利は言った。

「悩んでることとか、ないよな？」

「ないよ」

壮利は頷《うなず》き、志帆子を見た。これでいいよな、と了解を求められているようだった。いじめはなかったと学校が言ってるんだから、そのことはわざわざ娘に説明しなくてもいいよな、と。

志帆子は夫から目をそらして、大根の煮物を口に運んだ。砂をかむように味がしない。このところずっとそうだった。

「学校のお友だちと、ひかりちゃんの話はしないの？」

気がつくとそう言っていた。次の瞬間、志帆子は表情のない娘の顔というものをはじめて見た。その顔で瑠唯は「べつに」と答えた。

「ひかりちゃんが死ななきゃならないほど悩んでたこととか、困ってたこととか、少しでも知っているお友だちは誰かいなかったの？」

瑠唯は無言で首を振った。

「瑠唯ちゃんは、何も気づかなかったの？　小さな頃からの仲良しじゃない。ひかりちゃんはあなたにも何も言わなかったの？」

瑠唯は答えなかった。どこにも焦点が合っていないように見える目の縁に涙がふくれあがり、それは見る間に溢《あふ》れてぱたぱたとテーブルの上に落ちた。

「瑠唯」

壮利が声をかけるのと同時に、瑠唯は立ち上がりダイニングを出ていった。部屋のドアが開き、乱暴に閉められる音が聞こえてくる。あのドアはきっと明日の朝までもう開かないのだろう。壮利が難《なん》じる目で志帆子を見た。

「まだ早いよ、ああいうことを聞くのは。それに何だって、瑠唯に責任があるみたいに聞くんだ？　そりゃ、小さな頃から仲が良かったのは事実だけど、だからこそあの子は他の子よりも苦しんでるのかもしれないのに……」

まるでさっきの娘が乗り移ったように、志帆子は黙りこくっていた。娘のスマートフォンを見たことを、瑠唯がひかりの死について「うける」と発言していたことを、私はなぜ夫に言わないのだろう、と考えながら。言えば、瑠唯の沈黙も涙も、ひかりが死んで以来の娘のふるまいすべてが、夫にとってもまるきりべつの意味に感じられるに違いないのに。

その数日後に岩崎夫妻が訪れた。何か知っていることがあったら教えてほしい、というのが訪問の理由だったが、同じクラスのすべての家庭を回っているわけではないことは口ぶりでわかった。夫妻はともに、一瞥《いちべつ》してはっきりわかるほど痩せ衰えていた。きっとほとんど食べていないのだろうし、眠ってもいないのだろうと志帆子は思った。

それでも、そのときも言わなかった。できれば今度瑠唯ちゃんからも直接話を聞きたい、と夫妻が懇願《こんがん》し、うちの娘がお役に立てるようなことはないと思います、という言いかたで壮利が断ったときも、同意も反対もしなかったが、志帆子は唇を動かさなかった。


二月になった。

時間の経ちかたがひどくのろく感じられたが、とにかく一月は過ぎ、雪が二回降り、ひかりの死は少しずつ遠いものになっていった。

「岩崎夫妻が目星をつけた生徒の家に聞き込みにまわっているらしい」という噂を志帆子に教える電話もかかってきたけれど、それだけだった。岩崎夫妻があらためてコンタクトしてくることはなかったし、マンション内で夫人を見かけたときも、むしろあちらのほうから目をそらした。

雑誌やテレビで、ひかりの死はささやかに報じられた。志帆子がたまたま目にした週刊誌には、岩崎氏の行動のせいで、ひかりがいじめに遭《あ》っていたという証言もある、と書かれていたが、記事は憶測の域を出ておらず、続報もなかった。インターネット上にはもっとあれこれ書かれているらしいと、これも噂で知ったが、志帆子は検索しなかった。これ以上知るまいと決めてしまえば、無理やり知らされるようなことは起きなかった。

保護者の誰ひとり、あのLINEに気づいていないということはありえるのだろうか。志帆子は度々《たびたび》そう考えてみた。ありえないと思った。子供の携帯を盗み見た者は私のほかにもきっと何人かいるはずだ。でも、黙っているのだ——私がそうしているように。夫の壮利にしたって、盗み見てはいないかもしれないが、何かに気づいてはいるだろう。彼だって週刊誌を読むだろうし、インターネットもチェックして、私が知らないことを知っているのかもしれない。でも、何も言わないのだ——私がそうしているように。つまり言わないのは、正しいことなのかもしれない。すくなくとも、正しくないことではないのかもしれない。

家の中には、家族がひとり欠けたような、あるいは逆に見知らぬ誰かがひっそりとひとり増えたような気配があった。けれどもその気配にも慣れていった。もともとこういうものだった、と思うことすらあった。あいかわらずひかりの話題はタブーだったが、瑠唯は家族の前で笑うようにもなった。娘には笑っていてほしい、と志帆子は思った。それがいちばん大事なことだと。

骨つきの鶏腿肉三本を、志帆子は俎板《まないた》の上に並べる。

一晩マリネして、明日、瑠唯の誕生日に焼くつもりだ。マリネ液がよくしみこむように、まずは皮をフォークでまんべんなく突き刺す。

その作業に、気がつくと奇妙に没頭《ぼっとう》している。鶏の皮は固くて、角度を定め力を入れないとうまくブツリと穴があかない。うまくいってもいかなくても、じっと皮を見つめている。

「うける」という文字が、そのうち皮の上に浮かんでくる。それからそれは、瑠唯の声になって耳に聞こえる。はじめてのことではなかった。立ちくらみの発作みたいなものだった。そのことにも慣れていた。不定愁訴《ふていしゅうそ》や更年期障害のように、確たる治療法はないけれど致命的でもない持病を得たら、人はそれに慣れるしかないように。

深刻に受け止めすぎなのだ。いつもそう考えるように、その日もやはり志帆子はそう考えた。あの「うける」にはたいした意味はなかったのだ。子供たちがよく使う「やばい」みたいに、私が受け取るのとは少し違う意味合いで使われる言葉だったのかもしれないし、でなければ動揺のあまり、思ってもいなかったことを打ち込んでしまった、ということだってあるかもしれない。

フォークを動かす手を止めると、雨の音が聞こえてきた。昼過ぎから降りはじめていた小雨が、いつの間にか雨足を強めている。風も出てきたようだ。窓ガラスが揺れ、ざあっという音が強くなる。午後から夕方にかけて荒れ模様の天気になると、そういえば朝つけたテレビで言っていた。もうすぐ瑠唯が帰ってくる頃だが、折りたたみ傘を持っていっただろうか。

電話が鳴った。この頃はこの音に以前のようにはびくつくこともなくなったと自分自身にたしかめながら、志帆子は受話器を取った。知人の女性からだった。壮利の仕事関係の知り合いの奥さんで、去年辞めたブックカフェでの仕事を紹介してくれたひとでもあった。

「あのね、孝子《たかこ》さんはあの店をクビになったわよ」

前置きめいたやりとりが終わると、女性はそれまでと口調をあらためて、そう言った。孝子さんは志帆子より少し年下で、ぼんやりした、本当に驚くほど仕事ができないひとだった。彼女が店にいないとき、オーナーの女性が口を極めて彼女の悪口を言うのを聞いていられなくなった、というのが、志帆子がアルバイトを辞めた理由のひとつだった。

「彼女があんなふうだからみんなどうしても苛々《いらいら》するでしょ。あなたのあとに入ったひとも、辞めるって言い出して。それでオーナーもとうとう引導を渡したというわけなのよ。孝子さんっていうひとは、自分のせいで何が起きているのかなんて察することもできないひとでしょ。あのね、これは私もオーナーも言わないようにしてたんだけど、そもそも彼女はやっかいなひとだったのよね。結婚しているというのは嘘なのよ。それでね……」

　かけてきた知人は、孝子さんについてのあらたな情報、あるいはあらたな中傷をじゅうぶんに喋り終わると、それじゃあまたね、今度あの店でお茶でも飲みましょうと言って電話を切った。孝子さんを疎《うと》んじて辞めたというひとは、孝子さんがクビになるならもう少し働きます、ということにはならなかったようだけれど、だから志帆子に戻ってほしい、という用件でもなかった。

　志帆子はキッチンへ戻った。マリネ液を調合しながら、たった今の電話の内容をぼんやりと反芻《はんすう》した。雨の音がよく聞こえた。一方で手元が上の空になっていたのかもしれない。鶏を入れたジップロックにマリネ液を流し込もうとしたとき、自分の体に盛大にこぼしてしまった。エプロンは腰に巻くタイプだったので、ベージュのセーターの胸から腹がべったりと濡《ぬ》れて、薄いニットだったから下着までにんにくの匂いになった。洗面所で服を脱いだとき、浴槽にまだ昨日のお湯が残っていることに気がついたので、いっそのこと残り湯を沸かして入浴して、セーターと下着を予洗いし、ついでに浴室の掃除もしてしまおうと決めた。

　結局のところ、どこかに逃げ込みたい、ということだったのかもしれない。熱い湯に体を沈めながら志帆子はそう思った。さっきの電話の、何がどうだったのかははっきりとはわからない。ただ、日常生活を送っていく中でこういうことはこれからも起きるのだろう。思いもしない何かに不意に足を掬《すく》われるのだ。

セーターと下着を洗面器の中に浸《ひた》したまま、志帆子はいつまでも湯の中にいた。雨はいっそう激しくなったようだった。呼び鈴が鳴り、瑠唯が帰ってきたのだと思ったが、それでも立ち上がらなかった。どのみち体を拭いて服を着ている間に、自分の鍵で入ってくるだろう。

果たして瑠唯は入ってきた。ばたばたという足音と「寒い！」という叫び声が聞こえたと思ったら、浴室のドアの向こうで服を脱いでいる気配があって、あっという間に裸の娘が目の前にあらわれた。

「びしょぬれ！　めっちゃ寒い！」

かたちばかり体に湯をかけて、浴槽に飛び込んでくる。お湯が溢れた。壮利の好みで大きさがあるので母娘で入っても密着まではしないが、志帆子は思わず体を隅に寄せた。娘と一緒に入浴するのは何年ぶりだろう。裸を目にする機会がまったくなかったわけではないが、はちはちとして匂いたつような見知らぬ生きものがすぐ横にいるような感じがする。

傘を持っていなかったこと、どこそこの角まで来たところで土砂降りになって走ってきたことなどを瑠唯は、手振りでお湯をばしゃばしゃさせながら喋った。はしゃいでいると言ってもよかったが、どこかわざとらしいところがあり、久しぶりに母親と裸で並んでいることに、この子のほうもアガっているのかもしれないと志帆子は思った。あるいは娘は、濡れて寒いからではなく何かほかの理由でこうしているのかもしれない、という考えも浮かんできた。

「お母さんったら、なんでこんな時間にお風呂入ってたの。うける」

志帆子は思わず飛び上がりそうになった。その瞬間、お湯がべつの液体になったような気がした。毒のある、穢《きたな》らしい液体に。そうして、それは娘の言葉が引き金になったのではなく、娘が浴槽に入ってきたときからじつは感じていたことなのだと気がついた。そんなのは間違っている。そんなふうに感じるなんて。娘なのに。大切な子なのに。志帆子は涙ぐみそうになり、ごまかすために顔を洗った。そうすることにもためらいがあった。汚れたお湯を顔になすりつけるような感じがしたのだ。こんなのはおかしい。こんなのはだめだ。

顔を覆った両手を湯の中に落とすと、娘を見つめた。警戒するように視線をそらす娘の顔を引き戻す強さを声に込めて、

「瑠唯ちゃん、話さなきゃならないことがあるのよ」

と志帆子は言った。

解説　答えの出ないこと

書評家　藤田《ふじた》　香織《かをり》

人はいつか死ぬ、ということを人は誰でも知っている。

私が子どもだったころから、絵本にも、児童書にも、漫画にも、映画やドラマやアニメにも「死」は描かれていて、今でも変わりないだろう。飼っていた金魚が死んで、庭に埋めながら、パパもママもいつか死んじゃうんだ！　と大泣きしたのは五歳。父方の祖父は七歳のとき、祖母は十歳のときに亡くなり、同級生が自殺したことも、事故死したこともあった。いつだって悲しかった。そして漠然と怖かった。死ぬ、ということを考えるたびに、いつも「私が死んだらどうなるの？」という永久課題的難問に突き当たる。世界は続いていくのに自分はもうそこにいない、という状況が納得できず、頭のなかがグルグルになるので考えるのをやめたのは、十五歳のときだった。

二〇一六年の七月、父が死んだ。月のはじめに夏バテが続くようだと病院に行き、黄疸《おうだん》が出ていると検査を受け末期癌《がん》だと診断された。大腸から肝臓と肺へ転移したと診《み》られた癌はすでに手の施しようがなく、夏を越せるかどうかと宣告された二十日後に亡くなった。その最期の二週間、実家で父を看《み》ながら、ずっと目を逸《そ》らしてきた「死」について三十数年ぶりに考えた。

考えて考えて考えながら、なにも知らなかったと気づいた。

三十年余りも目を逸らしてきたのは、目を逸らしていられた、ということで、五十歳近くになるまで遠巻きにしていられるくらい「死」と距離があったからだろう。けれど、突然その距離が縮まって、父の「いつか」がいよいよ目前に迫り、その時を迎えた。それから三年の時が過ぎようとした今も、私は「死」を理解できたとはとても思えない。

本書『赤へ』は、二〇一三年から二〇一六年にかけ、雑誌『FeelLove』と祥伝社のWEBマガジン「コフレ」に掲載された十の短編が収録されている。一六年六月に単行本が刊行され、同年第二十九回柴田錬三郎《しばたれんざぶろう》賞を受賞した作品で、いずれもモチーフとなっているのは「死」、だ。

しかしながら、「死」との距離感は話によって、登場人物によって異なる。ひとりの亡き人をめぐる物語ではないし、人が死なない話も、死んでいるのか明らかではない話もある。

そして誤解を恐れずにいえば、本書を読むのは、とても、疲れる。

たとえば最初の「虫の息」。「あんた」「イクちゃん」と呼び合うふたりの老婆は、市民体育館でアルバイトをしているふたりの大学生、未果里《みかり》と論《さとし》によって語られる。トレーニングをかねて走り抜ける公園のベンチに座る人々を、論は〈ぼうっと座っているだけなら、死人も同然だ〉と思い、ふたりの老婆のケンカを〈見たくもないもの〉として目を逸らす。二十歳で美人でそれを自覚もしている未果里は、「あんた」としか耳にせず、名前のわからない老婆を「虫の息のほう」と心の中で呼んでいる。若いふたりは死の気配すら感じることなく無邪気で傲慢《ごうまん》に、八十歳を過ぎたかつて「サヨクケイ」の女優だったふたりは、意識せざるを得ない死に怯《おび》え生きている。若くもなく老婆でもない多くの読者は、どちらに寄ることもできない。イクちゃんがなぜうおーんうおーんと泣き声を上げたのか、その答えも記されていない。

右手首を骨折した鈴子《すずこ》は、痛みをこらえる病院の救急患者用のベッドの上で、なぜ急に十九年前の真実を昌《あき》に明かしたのか。その場面を想像する。耐え難い痛み。病院の臭い、空気、灯り。最後に昌が〈あの時計が十数分もくるっていることに気がついた〉とあるが、管理をしている鈴子はなぜそのことに気づかなかったのか。目を逸らしてきたということか、その場所を、未だ直視できずにいたということか（「時計」）。広一郎《こういちろう》は、何から逃げたかったのか、咲子《さきこ》はなぜ助けに動かないのか（「逃げる」）。香津実《かつみ》はどうして知り得た事実をみんなに黙っているのだろう（「ドア」）、衣田《いだ》は結局どうなったのか（「ボトルシップ」）。

　義母とはもう二度と会わないだろう、と思う庸太郎《ようたろう》は、本当に再びミチのマンションを訪れることはないのだろうか。案外、ふとまた足を運んでしまうのではないか。ミチはそれを煩《わずら》わしく思いながらも嬉しくもあり、ふたりは名づけ難い関係性を構築できるのではないか。いやそんなのやっぱり無理か、などとぐるぐる考えてしまう。

　最終話「雨」の続きも、気になってしかたがない。志帆子《しほこ》は瑠唯《るい》になにを話すというのか。「お母さん、あなたの携帯を見たのよ。ひかりちゃんについて、みんなで話しているLINEを」とでも言い出すのか、「ひかりちゃんのこと。言いたいことはない？」と促《うなが》すのか。そもそも瑠唯が本当に「うける」と思っていたとも限らない。そう言わなければいけない雰囲気、流れ、空気のようなものがあったのかもしれない。いや、でも、だけど、それにしても――。

　収められている物語すべてに、分かりやすい結びはない。主人公たちが抱える気がかりやわだかまり、やりきれなさやうっすらとした不安は、綺麗に拭《ぬぐ》い去られたりしない。分からないまま、答えを出さないまま、幕がひかれるのだ。読者もまたすっきりしない、わりきれないまま放り出される。だから疲れる。なにもかも考えずにはいられず、考えすぎて、とても疲れる。

けれど同時に、そういうものじゃないか、とも思うのだ。

誰の死も、私たちの日常も、すっきりわりきれることなんて滅多《めった》にない。伝わりやすいように「悲しい」とか「怖い」とか、「嫌い」だとか「憎い」といった言葉に略してしまった感情は、あるいははみ出して切り捨ててしまった気持ちは、もやもやと胸のなかに残り続ける。

本書に描かれているのは、そうした要約できないものなのだ。

この世界に同じ人間はいない、同じ死というものもあり得ない。なのに「死」が描かれる小説には、共感や感動や感涙《かんるい》があってしかるべきだと思われがちだ。

そんなわけはない。

私たちの生は、私たちが向き合う死は、もっと曖昧《あいまい》で混沌としていて、どろどろしているようで、淡々《たんたん》としている（こともある）のだと、本書は気づかせてくれる。

井上荒野《いのうえあれの》さんの小説にはいつもそうした「気づき」がある。小説を読んでいる人に、なぜあなたはその本を読んでいるのかと聞いたとしたら、返ってくる答えはいくつもあるだろう。面白いから。ためになるから。人気があるって聞いたから。みんな読んでるから。泣けるらしいから。現実逃避かな。けれど、井上さんの小説を、そんなふうに語ることは難しい。たとえば本書を課題にして読書会を開けば、読んだ人の数だけ「刺さった」場面が違うだろう。無自覚な、「こんなものだろう」という表現で読者の感情をまとめて誘導したりしないから、極めて個人的なところへ散っていく。まとめられない、という感じが、とてもいい。

そして最後に。それぞれに手触りの異なる十編のなかで、ひと際異彩を放つ「母のこと」は、エッセイ調で綴《つづ》られた「私小説」ともいえ、井上さんの個人的な思いが大いに投影されている。現時点での最新刊である『あちらにいる鬼』（朝日新聞出版）にも詳しいが、作中で触れられている「母の構成成分」が収録されているエッセイ集、『夢のなかの魚屋の地図』（幻戯書房→集英社文庫）を合わせて読まれることをお勧めしたい。

一九八九年から二〇一三年に新聞や雑誌に掲載された七十超ものエッセイを集めたこの本には「母のこと」のみならず父・井上光晴《みつはる》氏についてや、幼い頃から執筆当時に至るまで、井上さんが見て感じて考えた（考えなかったことも）物事が綴られている。しばしばペンネームだと思われる「荒野」という名前の由来。三十代半ばで、光晴氏と同じ直腸癌に罹《かか》ったこと。「獅子は我が子を千尋の谷に突き落とす」を基幹とするガーデニングについて。猫と夫と酒と料理と、そしてもちろん物語を書くことについてなど、本書を読み解くうえでもとても興味深い。「庭」という一編は、花束を抱えた見知らぬ男性が井上さん宅に突然やって来たことから綴られ、作家の主人公の自宅に薔薇《ばら》の花束を抱えた見知らぬ男が現れる「ボトルシップ」と類似した状況で、おおっ、と思われるだろう。エッセイである「庭」から、小説の「ボトルシップ」へのアレンジにもきっと驚かされるだろう。

父のことがとても好きだった。嫌な記憶はひとつもない。

「あの世」の存在を私もまた「利用」している。

その「死」をどう受け止めるべきなのか、考えても考えても考えても、やっぱり答えは出ない。けれどそれを誰かに、誰かと、まとめて語られたくはない、要約されるなんてまっぴらだ、と強く思う。そして、わからないことを、わかっておきたい、と思う。いつか来る「その日」まで、考え続けよう、と思う。

（この作品『赤へ』は平成二十八年六月、
小社より四六判で刊行されたものです）

一〇〇字書評

赤へ

切り取り線

購買動機（新聞、雑誌名を記入するか、あるいは○をつけてください）	
□（　　　　　　　　　　　　　）の広告を見て	
□（　　　　　　　　　　　　　）の書評を見て	
□ 知人のすすめで	□ タイトルに惹かれて
□ カバーが良かったから	□ 内容が面白そうだから
□ 好きな作家だから	□ 好きな分野の本だから

・最近、最も感銘を受けた作品名をお書き下さい

・あなたのお好きな作家名をお書き下さい

・その他、ご要望がありましたらお書き下さい

住所	〒				
氏名		職業		年齢	
Eメール	※携帯には配信できません		新刊情報等のメール配信を 希望する・しない		

この本の感想を、編集部までお寄せいただけたらありがたく存じます。今後の企画の参考にさせていただきます。Eメールでも結構です。

いただいた「一〇〇字書評」は、新聞・雑誌等に紹介させていただくことがあります。その場合はお礼として特製図書カードを差し上げます。

前ページの原稿用紙に書評をお書きの上、切り取り、左記までお送り下さい。宛先の住所は不要です。

なお、ご記入いただいたお名前、ご住所等は、書評紹介の事前了解、謝礼のお届けのためだけに利用し、そのほかの目的のために利用することはありません。

〒一〇一－八七〇一
祥伝社文庫編集長　坂口芳和
電話　〇三（三二六五）二〇八〇

祥伝社ホームページの「ブックレビュー」からも、書き込めます。

http://www.shodensha.co.jp/
bookreview/

祥伝社文庫

赤《あか》へ

令和元年6月20日　初版第1刷発行

著　者　井上荒野《いのうえあれの》
発行者　辻　浩明
発行所　祥伝社《しょうでんしゃ》
東京都千代田区神田神保町3-3
〒101-8701
電話　03（3265）2081（販売部）
電話　03（3265）2080（編集部）
電話　03（3265）3622（業務部）
http://www.shodensha.co.jp/

印刷所　堀内印刷
製本所　ナショナル製本
カバーフォーマットデザイン　芥　陽子

 ISBN978-4-396-34533-4 C0193

祥伝社文庫の好評既刊

井上荒野
もう二度と食べたくないあまいもの
男女の間にふと訪れる、さまざまな「終わり」——人を愛することの切なさとその愛情の儚《はかな》さを描く傑作十編。

朝倉かすみ
玩具《おもちゃ》の言い分
こんな女になるはずじゃなかった⁉ややこしくて臆病なアラフォーたちの姿を赤裸々に描いた傑作短編集。

朝倉かすみ
遊佐《ゆさ》家の四週間
完璧な家庭が崩れていく——。美しい主婦の家に、異様な容貌の幼なじみが居候する。二人のいびつな友情の果てとは？

飛鳥井千砂
君は素知《そし》らぬ顔で
気分屋の彼に言い返せない由紀江《ゆきえ》。彼の態度は徐々にエスカレートし……。心のささくれを描く傑作六編。

垣谷美雨
子育てはもう卒業します
就職、結婚、出産、嫁姑問題、子供の進路……ずっと誰かのために生きてきた女性たちの新たな出発を描く物語。

垣谷美雨
農ガール、農ライフ
職なし、家なし、彼氏なし——。どん底女、農業始めました。一歩踏み出す勇気をくれる、再出発応援小説！

祥伝社文庫の好評既刊

桂 望実　**恋愛検定**

片思い中の紗代《さよ》の前に、突然神様が降臨。「恋愛検定」を受検することに……。ドラマ化された話題作。

加藤千恵　**映画じゃない日々**

一編の映画を通して、戸惑《とまど》い、嫉妬、希望……不器用に揺れ動く、それぞれの感情を綴《つづ》った八つの切ない物語。

加藤千恵　**いつか終わる曲**

うまくいかない恋、孤独な夜、離れてしまった友達……。〝あの頃〟が痛いほどに蘇る、名曲と共に紡ぐ作品集。

近藤史恵　**カナリヤは眠れない**

整体師が感じた新妻の底知れぬ暗い影の正体とは？　蔓延する現代病理をミステリアスに描く傑作、誕生！

近藤史恵　**茨姫《いばらひめ》はたたかう**

ストーカーの影に怯《おび》える梨花子《りかこ》。整体師合田力《ごうだりき》との出会いをきっかけに、初めて自分の意志で立ち上がる！

近藤史恵　**Shelter**〈シェルター〉

心のシェルターを求めて出逢った恵といずみ。愛し合い傷つけ合う若者の心に染みいる異色のミステリー。

祥伝社文庫の好評既刊

近藤史恵　**スーツケースの半分は**

あなたの旅に、幸多かれ――青いスーツケースが運ぶ〝新しい私〟との出会い。心にふわっと風が吹く幸せつなぐ物語。

坂井希久子　**泣いたらアカンで通天閣**

大阪、新世界の「ラーメン味《み》よし」。放蕩《ほうとう》親父ゲンコとしっかり者の一人娘センコ。下町の涙と笑いの家族小説。

坂井希久子　**虹猫喫茶店**

「お猫様」至上主義の喫茶店にはワケあり客が集う。人生、こんなはずじゃなかったというあなたに捧げる書。

小路幸也　**うたうひと**

仲違《たが》い中のデュオ、母親に勘当されたドラマー、盲目のピアニスト……。温かい歌《ストーリー》が聴こえる傑作小説集。

小路幸也　**さくらの丘で**

今年もあの桜は美しく咲いていますか――遺言により孫娘に引き継がれた西洋館。亡き祖母が託した思いとは？

小路幸也　**娘の結婚**

娘の結婚相手の母親と、亡き妻との間には確執があった？　娘の幸せをめぐる、男親の静かな葛藤と奮闘の物語。

祥伝社文庫の好評既刊

小路幸也
アシタノユキカタ
元高校教師の〈片原修一〉のもとに現れたキャバ嬢と小学生の女の子。札幌から熊本まで三人は旅をすることに。

白石一文
ほかならぬ人へ
愛するべき真の相手は、どこにいるのだろう？　愛のかたちとその本質を描く、第142回直木賞受賞作。

中田永一
百瀬、こっちを向いて。
「こんなに苦しい気持ちは、知らなければよかった……！」恋愛の持つ切なさすべてが込められた小説集。

中田永一
吉祥寺の朝日奈くん
切なさとおかしみが交叉《こうさ》するミステリ的表題作など、恋愛の〝永遠と一瞬〟がギュッとつまった新感覚な恋物語集。

中田永一
私は存在が空気
存在感を消した少女は恋を知り、引きこもり少年は瞬間移動で大切な人を救う。小さな能力者たちの、切ない恋。

原田マハ
でーれーガールズ
漫画好きで内気な鮎子《あゆこ》、美人で勝気な武美《たけみ》。三〇年ぶりに再会した二人の、でーれー（ものすごく）熱い友情物語。

祥伝社文庫の好評既刊

祥伝社文庫の好評既刊

椰月美智子　純愛モラトリアム

はずかしくて切ない……でも楽しい。イタい恋は大人への第一歩。不器用な恋愛初心者たちを描く心温まる物語。

江國香織 ほか　LOVERS

江國香織《えくにかおり》・川上弘美《かわかみひろみ》・谷村志穂・安達千夏・島村洋子・下川香苗・倉本由布《くらもとゆう》・横森理香・唯川恵

江國香織 ほか　Friends

江國香織・谷村志穂・島村洋子・下川香苗・前川麻子・安達千夏・倉本由布・横森理香・唯川恵

本多孝好 ほか　I LOVE YOU

総合エンタメアプリ「UULA」で映像化！伊坂幸太郎・石田衣良・市川拓司・中田永一・中村航《なかむらこう》・本多孝好

石田衣良 本多孝好 ほか　LOVE or LIKE

この「好き」はどっち？石田衣良・中田永一・中村航・本多孝好・真伏修三《まぶせしゅうぞう》・山本幸久《やまもとゆきひさ》

西 加奈子 ほか　運命の人はどこですか？

この人が私の王子様？飛鳥井千砂《あすかいちさ》・彩瀬《あやせ》まる・瀬尾《せお》まいこ・西加奈子《にしかなこ》・南綾子《みなみあやこ》・柚木麻子《ゆずきあさこ》

〈祥伝社文庫　今月の新刊〉

中山七里
ヒポクラテスの憂鬱
その遺体は本当に自然死か？〈コレクター〉を名乗る者の書き込みで法医学教室は大混乱。

渡辺裕之
傭兵の召還　傭兵代理店・改
リベンジャーズの一員が殺された――その鍵を握るテロリストを追跡せよ！　新章開幕！

井上荒野
赤へ
第二十九回柴田錬三郎賞受賞作。ふいに立ちのぼる「死」の気配を描いた十の物語。

乾　ルカ
花が咲くとき
小学校最後の夏休み。老人そして旅先での多くの出会いが少年の心を解く。至高の感動作。

佐藤青南
市立ノアの方舟　崖っぷち動物園の挑戦
素人園長とヘンクツ飼育員が園の存続をかけて立ち上がる、真っ直ぐ熱いお仕事小説！

結城充考
捜査一課殺人班イルマ　**オーバードライヴ**
警視庁vs.暴走女刑事イルマvs.毒殺師「蜘蛛」。狂気の殺人計画から少年を守れるか!?

西村京太郎
火の国から愛と憎しみをこめて
ＪＲ最南端の駅で三田村刑事が狙撃された！　発端は女優殺人。十津川、最強の敵に激突！

梓林太郎
安芸広島　水の都の殺人
私は母殺しの罪で服役しました――冤罪を訴える女性の無実を証すため、茶屋は広島へ。

有馬美季子
はないちもんめ　夏の黒猫
川開きに賑わう両国で、大の大人が神隠し!?　料理屋〈はないちもんめ〉にまたも難事件が。

喜安幸夫
闇奉行　切腹の日
将軍御用の金塊が奪われた――その責を負った盟友を、切腹の期日までに救えるか。

香納諒一
約束　K・S・Pアナザー
すべて失った男、どん底の少年、悪徳刑事。三つの発火点が歌舞伎町の腐臭に引火した！